노란 밤의
달
리
기

노란 밤의 달리기

이지 장편소설

비채

종잡을 수 없는

    물과 물, 몸과 몸, 불과 불. 이런 것이 만나는 순간은 다 황홀하다. 질척이거나 뜨겁거나, 컴컴하거나 너무 환하거나.

    가끔은 이불을 펴고 누워 온몸의 힘을 빼고 공기가 되는 상상을 해본다. 팽팽한 공기가 되어 떠 있는 상상. 가볍지도 무겁지도 않은 황홀한 느낌. 그럴 때 나는 물도 몸도 불도 아닌 것 같다.

    "하리보를 참아야 해."

    엘이 말했다.

    "왜요?"

    "하리보는 딱딱하니까."

    "뭐든 참아야 한다고 생각하면, 힘들어지잖아요."

    "그래서 참는 거야."

아.

우리의 대화는 주로 이런 식이다.

엘의 젖꼭지 모양은 매일 바뀐다. 이유는 모르지만 묻지 않는다. 아마 그녀도 모를 것이다. 그녀에게 묻지 않는 것은 그것 말고도 많다.

"그 사람은 삼 년 동안 울고 있어. 그런데 앞으로도 더 울 것 같아."

삼 년 동안 우는 사람과 함께 지내다니. 우는 것도 신기하지만, 그 옆에 머물러 있는 사람도 신기하다.

"앞으로 얼마나 더 울 것 같아요?"

"글쎄. 그건 나도 잘 모르지. 본인도 모를 거야."

우리가 아는 건, 우리가 확실히 아는 게 하나도 없다는 것뿐일까.

엘을 만난 건 마카로니를 사랑하는 사람들의 모임에서였다.

엘을 만난 곳은 속삭임의 회랑전을 하던 도서관이었다.

엘을 만난 건 피로 언어 채집 과정에서였다.

엘을 만난 장소는 폴란드 동물원이었다.

엘을 만났을 때 나는 '입에 붙지 않는 대사는 반드시 수

정해야 한다'는 문구를 프린트하고 있었다.

엘을 만난 건 전시 오프닝에서였다.

어디가 우리의 처음이었는지 잘 모르겠다. 저 중 내가 진짜 있었던 곳이 어디였는지도 알 수 없다.

"너랑 있는 게 제일 좋아."

이불에 파묻힌 채로 엘이 중얼거린다. 나를 향한 말인지 노래 가사인지 잘 알 수가 없다.

엘과 있는 게 나도 제일 좋은가 잠시 생각해본다. 엘과 있는 게 좋지만, 제일 좋은지는 모르겠다. 물론 엘과 있을 때는 그게 제일 좋다. 옆에 있는 엘을 바라보며 이런 생각을 할 때 그녀는 이어폰을 낀 채 투덜댄다.

"내가 좋아하는 곡들이 아니야. 그런 건 맞출 수 없는 거긴 하지. 사람의 귀는, 마음은 종잡을 수 없으니까."

엘도 나만큼이나 세상에 불만이 많다. 엘의 귀에서 이어폰 한쪽을 빼, 내 귀에 꽂아본다. 동굴 안에 실로폰 소리가 울려 퍼지는 것 같다. 귀 안의 다른 세상이 좋다.

"이게 뭐죠?"

함께 있어도 우리는 종종 다른 세상을 산다.

"내가 좋아하는 노래들을 바탕으로 찾아낸 '포유for you'. 나를 위한 애플의 선곡이라는데 아무리 애써봐도 좋아할 수 있는 곡이 없어."

컴퓨터의 소팅^{sorting}이 인간을 따라가지 못하는 것은 어쩌면 다행일지도 모르겠다.

예상할 수 없는 우리가 좋다.

"하긴 취향이란 게 애쓴다고 되는 건 아니니까."

나는 엘의 핸드폰을 내가 좋아하는 곡으로 잔뜩 채우고 플레이를 누른다. 서로 몸에 기대 같은 음악을 듣는 순간. 모든 불확실함 속에서 이것만은 바로 여기, 진짜다. 하지만 이렇게 엘의 체온을 느끼면서 딴생각을 하기도 한다. 지나간 사랑 말이다.

구여친 나리는 메시지로 이별을 통보해왔다.

(그만하자. 지긋지긋해.)

자다 깨서 보고 눈을 비볐지만 두 번 묻지는 않았다. 할 수 없지 뭐. 이 년 가까이 만나는 동안 그녀가 내게 해왔던 말들이 이별의 이유로 이미 충분했다. 짜증, 요구, 서운함, 이랬다저랬다. 왜 내 애인들은 언제나 쿨한 척할까. 왜 앞에서는 다 괜찮다고 말해놓고 뒤에서 서운해할까. 나는 무엇을 잘못했는지 모르는 채로 차였다. 아니다. 잘못을 알지만 고칠 수 없다는 것도 알기 때문에 모른 척했을 뿐이다.

그 메시지를 바라보며 제일 먼저 든 생각은 '당분간 섹스할 사람이 없다'였다. 새 연애에는 시간과 돈이 제법 든다. 그게 문제다. 하지만 싫다는 사람 붙잡고 애걸하기는 싫었다. 자존심이라는 게 있다. 그리고 이별 통보 중, 문자는 최악 중 최악 아닌가.

(그래. 할 수 없지.)

나 역시 최악의 선택을 했다. 여자친구는 또 만날 수 있겠지. 심호흡을 하며 최대한 아무렇지 않아보려 한다. 그렇다고 가슴이 아프지 않은 건 아니다. 나도 사랑이 중요하다는 건 안다. 서로의 손을 꼭 잡고 있는 순간, 입김을 불어 넣을 수 있는 거리, 배와 배가 닿는 순간 찰싹하는 소리에 터지는 웃음 같은 것들, 서로 살결과 머리칼을 만지작거리는 그 진공의 시간 말이다. 하지만 그냥 거기까지다. 나는 섹스에 사랑이 필요하다고 생각하는 쪽이지, 사랑에 섹스가 필요하다고 생각하는 쪽은 아니다. 그리고 그런 면에서 엘이 좋다.

정신을 차려보니 어느 날, 엘과 침대에 있었다. 그것의 처음이 어디인지 중요하지 않다. 우리는 서로 편리하다, 라고 생각의 꼬리가 이어갈 때 뭔가 눈치챘는지 엘이 말했다.

"너는 생각이 너무 많아."

그러면 나는 답한다.

"당신은 말이 너무 많아요."

우리는 뭔가 너무 많은데, 가진 건 또 없다. 일도 많이 하는데 풍족하지는 않다. 물론 돈은 엘이 좀 더 쓴다. 나보다 나이가 많기 때문이기도 하고 습관이기도 하다. 나는 돈을 쓰기 전에 오래 생각하는 습관이 있고, 엘은 쓰고 나서 오래 생각하는 습관이 있다. 그러니까 우리는 습관도 많고 직업도 많다.

엘이 '여사님' 소유의 에어비앤비를 관리하며 수고비를 받는 건 알고 있지만 본업은 자세히 모른다. 종종 하는 말로 어림짐작할 뿐이다.

"접시를 정리하다가 떨어뜨렸는데 그게 오십 년 된 폴란드산이라는 거야. 믿어져? 접시가 쉰 살이고 폴란드에서 왔다는 사실이."

오 년산이든 오십 년산이든 우리에게는 크게 다를 게 없죠. 혹은 그런 식으로 따지기 시작하면 세상은 믿지 못할 것 투성이라고 대꾸하려다가 엘이 겪은 일을 생각하며 좀 안쓰러운 마음이 들어 그만뒀다. 그녀는 다른 곳에서 누군가에게 혼나기도 한다. 게다가 오십 년산 폴란드산이라면 나이도 많고 고급스러운 갑 중 갑인 어려운 대상이다.

"다짜고짜 욕을 하는 거야. 휴. 그럴 때 속으로 주문을 외워. 안 그러면 싸우게 되고, 싸우면 잘리니까."

그럴 때면 나는 이렇게 말하며 덮치기도 한다.

"나는 자르지 않을 거예요. 아무리 화를 내고, 아무리 소리 질러도. 절대 그럴 일 없어요."

그럴 때면 엘은 씩 웃으며 미친놈이라고 하는데 나는 그 말이 참 좋았다.

확실한 건 엘이 나보다 나이가 '많이' 많다는 점이다. 당연히 나는 엘에게 존댓말을 쓴다. 그렇지 않다 해도 나는 누구에게나 존댓말을 쓴다. 그게 편하다. 목의 주름이나 언뜻 보이는 새치로 보아 엘의 나이는 아주 많은 것 같은데, 정확히는 모른다. 왜냐하면 엘은 아무것도 정확하게 말해주지 않기 때문이다. 엘은 말이 많은데 자신에 대해서는 말하지 않고, 나는 주로 듣는 편인데도 내 얘기를 많이 한 것 같다.

물론 엘에게 나이를 물어보지 않은 것은 아니다. 한번 물었는데, 어울리지 않게 '여자에게 나이를 묻는 게 아니야'라고 쏘아붙였다. 여자는, 남자는, 이런 말을 제일 싫어하면서 자기는 천연덕스럽게 쓴다.

"노예는 노예를 욕해도 돼. 하지만 주인은 감히 그래서는 안 되지. 그게 변혁기의 삶에 대처하는 우리의 자세야."

지금이 변혁기인지는 모르겠지만, 엘이 그렇다면 그런 거다.

엘의 교육은 좋은 편이라서, 또래 여자애들에게는 제법 좋은 자세를 취하게 된다. 엘에게 주워들은 걸 떠올리면 쉽게 문제가 풀리기도 했다. 그러나 돌아오면 정작 엘이 한없이 작고 유치해져 있기도 해서 역시 엘은 종잡을 수 없는 존재라는 생각을 하게 됐다.

엘의 교육 덕분에 그 자리에 인간, 혹은 남자, 혹은 개라는 단어를 넣어보는 습관이 생겼다.

여자란 종잡을 수 없는 존재야.

남자란 종잡을 수 없는 존재야.

개란 종잡을 수 없는 존재야.

시계란 종잡을 수 없는 존재야.

바람이란, 물이란, 꿈이란, 종소리란, 비발디란, 잔디란, 음표란, 기타란, 형수 형이란, 아버지란, 아버지의 애인이란, 부모란, 엄마란. 그러다 마지막에 멈추는 것은 항상 엄마. 컴컴한 옷장에 날 남겨두고서 어디로 갔을까.

나의 요람은 옷장. 그래서 지금도 옷장을 좋아한다. 아닌가. 몹시 슬퍼하거나 무서워할 수도 있다. 하지만 역시 이건 내가 만든 신화다. 누구에게나 자신만의 신화가 필요하니까.

엄마는 그냥 어느 날 불현듯 가출해서 돌아오지 않은 거고, 옷장에 가둬두거나 어디 묶어두거나 하는 그런 드라마틱한 학대를 하지는 않았다. 학대란 일대일의 대상이 되어야 벌어지는 일이 아닐까. 갇힌 공간에서 더 이상의 확장이 불가능할 때, 서로가 서로만을 바라볼 때 그래서 그것이 위협이 될 때 덜 약한 사람이 더 약한 사람을 괴롭히기 시작하는 거다. 나는 그냥 부스러기다. 엄마를 성가시게 하는 대상은 됐을지언정 위협하는 대상은 아니었던 것 같다.

"강한 한 사람이 여러 약자를 학대하는 게 학살이겠죠?"

이런 말을 꺼내봤지만 엘이 일축한다.

"오빠. 궤변이야."

안다. 말이야말로 종잡을 수 없는 거란 걸.

엘이 오빠, 라고 부를 때는 정말 무섭다. 그래서 하지 말라고 했는데 그럴수록 재밌어해 언제부터인가 조용히 참고 듣는다. 엘이 부르는 오빠라는 말에는 약간의 조롱이 담겨 있다.

엘은 엄마고, 여동생이고, 친구고, 누나다. 하지만 여자친구가 있냐고 누가 물으면 나는 애매하게 얼버무리곤 한다. 이런 작은 징조들이 쌓여 나의 어려움이 되고 또 내가 된다는 걸 나중에 알게 됐다.

발명가들

내게도 직업이 있다. 나는 그림을 그리고, 콜라주를 하고, 사진을 찍고, 소리를 채집한다. 글자를 모으고, 때로는 사람들에게 질문을 던지며 그것을 기록하기도 한다. 사람들은 나를 시각작가 혹은 설치 미술가라고 부르고, 내가 하는 일을 다원예술이라고 지칭하기도 한다. 명칭이 중요한 게 아니다. 과연 돈을 벌기는커녕 쓰기만 하는 걸 직업이라고 불러도 되는지는 모르겠다. 하지만 이제는 그만둘 수도 없다. 너무 많이 와버렸다.

아니, 거짓말이다. 당장이라도 다른 일자리를 찾으면 된다. 그것이 무엇이든 얼마나 별로든 돈이 되는 일 말이다. 다만 그러기 싫은 것뿐이다. 이것마저 놓으면 나는 정말 아무것도 아니니까. 어쩌면 나는 매일 나를 속이는지도 모른다.

사진학과 동기 중에 아직까지 자기 작업을 하는 애들은 이제 몇 되지 않는다. 태유와 내가 한 팀으로 활동하던, 그러니까 불과 이 년 전까지는 은지도 함께 작업을 했지만, 그사이 공무원 준비로 경로를 틀었다.

태유와 나는 '매트리스 매트릭스' 팀으로 활동해 '주목할 만한 신인상'을 받은 일이 있다. 첫 작업으로 얼떨결에 주목받아 버티게 된 건데 지금은 그게 어쩌면 독이었나 생각하게 된다. 우리(라고 묶어도 된다면)는 이상한 희망의 국물을 마셔버린 거다. 예술이라는 고깃덩어리가 들어간 마법의 희망 수프.

물론 취직한 애들도 있다. 도도처럼 인터넷 신문사에서 인턴 생활을 신나게 하는 녀석도 있고, 학교 다닐 때 일찌감치 다른 부전공을 해서 일반 회사에 들어간 경우도 있다. 1인 출판을 하거나 디자인 회사, 광고 회사에 다니는 동기도 있는 걸로 안다. 내 경우 진입장벽이 그나마 낮은 회사는 입시학원이나 스튜디오다.

"아싸가 인싸 되는 거 한순간이다."

도도 말대로 방송국 앵커가 된 동기도 있다. 조용했던 녀석이라 모두들 그 소식에 놀랐다. 곧바로 플래카드가 걸리고, 학교를 빛낸 인물로 학교 방송국과 신문사에서 인터뷰를 했다. 아버지가 방송국 피디라는 건 후에 알았지만, 알고 있다. 아버지 회사나 아버지 친구의 회사, 아버지가 아는 사람의 회사가 제일 좋은 취직자리라 해도 그것만으로는 안 된다는 걸.

어떤 백이 있더라도 들이밀 정도의 실력은 있어야 한다. 그런데 그 정도의 실력을 갖추려면 그게 누구든 스폰서가 필요하다. 나쁜 의미의 스폰서 말고, 부모든 선생님이든 친구든 그게 누구든 잠시 지지대가 되어줄 존재 말이다. 밑 빠진 독에 물을 부어가며 언제까지 준비할 수는 없으니까.

나도 한때 스튜디오 어시(스트)로 일했다. 그때 유명한 연예인을 만나서 설레기도, 그들 가까이서 어깨가 으쓱하기도 했다. 하지만 유명인과 함께 밥을 먹는다고 해서 같은 급이 되는 건 아니었다. 그들이 돌아가면 다시 나는 어시였다. 지하의 스튜디오에서 어떤 때는 스무 시간씩 지내기도 했다. 하루 종일 땅속에 있어야 한다면, 그것은 광부와 다름이 없는 삶이다. 돌이켜보면 이런 건 우리의 선택이 아니라 시간의 장난인 것 같다.

물론 내가 좀 꼬인 면이 있긴 하다.

"가난도, 그래서 꼬인 것도 자산이 아닐까."

엘이 내 젖꼭지를 손가락으로 톡톡 건드리며 말했다. 그쪽으로 신경이 몰려 발끈하기가 어려웠다. 하긴 그럴 수도 있다. 어쩌면 나는 잃을 것도 지킬 것도 없어서 나의 세계에 올인하는 걸 수도 있다. 지켜야 할 재산도 없고, 모아야 할 이유도 없고, 그런데 심지어 다른 데서 견딜 힘도 없고.

"내가 좋은 거예요, 내 몸이 좋은 거예요?"

나는 괜히 엘에게 앙탈을 부린다. 이런 말을 입 밖으로 꺼낼 필요까지는 없는데. 엘이 너무 저돌적이기도 하고, 그러고 나면 충분히 좋으면서도 어쩐지 조금 부끄러운 마음이 들기 때문이다. (사실 나야말로 엘의 몸을 좋아한다.) 엘이 멀뚱한 표정을 지으며 대답한다. (이는 엘의 언어. '멀뚱하다'를 꼭 '멀뚤하다'라고 말한다.)

"어디가 몸이고, 어디가 마음인데? 여기? 여기?"

팔뚝과 목, 가슴께를 여기저기 쿡쿡 찔러대며

"그게 중요해?"

하며 다시 내 몸을 파고든다. 물론 이것으로 족하다. 내 마음은 중요하지 않다. 엘이 나를 좋아한다. 그것이 마음이든 몸이든.

"사람이 사람에게 첫눈에 반하는 시간이 몇 초인지 알아? 바로 8.2초야. 마음에 들지 않으면 4.5초 만에 시선을 떨군대."

침대에서 시간을 보내고 나면 엘은 이런 말로 나를 안심시켰다.

"그런 건 누가 알려줘요?"

"네덜란드 학자가 그랬어."

그러니까 엘이 SNS를 통해 알고 지내는 네덜란드 학자의 말에 따르면, 엘은 내게 8.2초 만에 반한 것이다. 내가 소리를 잡아내고 빛을 쪼개듯 어디선가 시간을 초의 초 단위로 쪼개는 사람도 있는 모양이다.

"네 직진의 감수성이 좋아."

엘이 만들어내는 말들이 좋다. 맞다. 내겐 직진의 힘이 있다. 몇 번 사고도 나고 길도 막혀봤지만 결국 그냥 가던 길로 가고 있다. 아버지 때문에라도 유턴은 지긋지긋하다. 갈팡질팡하면서도 계속 가는 것. 지그재그로 가더라도 도달할 수 있게, 그 길이 너무 좁지만 않았으면 좋겠다.

"그래도 저 꾸준히 돈 벌고 있어요."

"알아. 장해."

엘은 두 손으로 내 뺨을 꼬집은 후 감싸기를 좋아한다. 서른 살짜리 성인 남성이 제 용돈 벌이를 한다고 칭찬받아도 되는지는 잘 모르겠다.

나는 입시 과외를 하기도 하고, 백화점 문화센터나 구청에서 일회성이긴 하지만 강연도 몇 번 했다. 일이 일을 물고 오는 게 프리랜서계의 생리다. 하지만 고정적인 일자리는 잘 생기지 않기 때문에 프리랜서는 전혀 프리하지 않다. 시간만 되면 해야 한다. 그리고 그럴 때 나는, 내가 무언가를 항상 발명해나간다고 생각한다.

"그리고 세상에 정말 가난한 사람이 얼마나 많은데. 너는 아무것도 몰라, 가만 보면."

쳇. 엘의 잔소리에 입술이 삐죽 나온다.

"팔이 없는 사람도 있고, 다리가 없는 사람도 있어. 사지
가 전부 없는 사람도 있고. 생각해봐, 네가 가진 게 얼마나 많
은지."

엘의 이런 행복론을 들으면 짜증이 나지만 동시에 묘한
안도감이 들기도 한다.

엘이 자신의 가방에서 뭔가를 주섬주섬 꺼내길래 보니,
파이프였다. 영화에서 나올 법한 파이프. 르네 마그리트의 그
파이프. 실물로는 처음 보는 반질반질한 갈색의, 곡선이 아름
다운 물건이다.

"웬 파이프예요?"

엘은 깡통에서 연초를 꺼내 파이프에 담더니 꾹꾹 눌러
불을 붙였다.

"예쁘지? 내가 골동품점에서 일하잖아."

골동품점. 그렇군. 느닷없이 낡은 가죽 재킷이나 복순 씨
가 입을 법한 화려한 꽃무늬 원피스를 입고 나타나던 것, 접
시를 떨어뜨려 욕을 먹었다는 것, 종종 들었던 손님에 대한
얘기들 퍼즐이 맞춰졌다.

"파이프를 배워보기로 했어. 하리보를 끊으려고."

"아니, 담배 끊으려고 사탕 먹는 사람 얘기는 들어봤지

만, 젤리 끊으려고 담배를 시작했다는 말은 처음 들어요."

"이상해?"

엘은 파이프를 쭉 빨아 연기를 내뿜었다.

"사탕이 담배보다 몸에 좋다고 확신해? 이게 환각성은 있어도 화학 성분은 없다고."

몽글몽글 피어나서 후루룩 흩어지는 연기의 끝 맛이 향기로웠다.

"너도 나로 구여친 끊었잖아. 어느 게 어느 것보다 좋다 나쁘다 할 수 있어?"

쳇. 다 알고 있었구나. 연상은 위험하다.

엘과 헤어져서 돌아오는 길, 사진을 꺼내본다. 내게 있는 단 한 장의 가족사진. 오래되어 빛바랜 사진. 무명의 사진작가가 찍은 순간의 기록은 영원하다.

잔디밭에 돗자리를 깔고 한 남자가 여자의 무릎을 베고 누워 있다. 뿔테 안경을 멋지게 쓰고 초록 셔츠에 청바지를 입은 남자는 느긋하게 기지개까지 켜고 있다. 뽀글뽀글 파마머리를 하고 검은 바탕에 파란색 물방울무늬 블라우스를 입은 여자는 다리를 스커트 자락 아래로 곧게 뻗었다. 분명히 당시로서는 세련됐을 느낌. 옆에는 기타, 피크닉 바구니와 벽돌 같은 라디오가 소품처럼 놓였다. 이건 거의 촬영을 위한 세팅 수준이다. 옆에는 야자수 모양으로 머리를 묶은 아기가 아빠 옆에서 똑같이 기지개를 켜고 누워 있다.

표정은 셋 다 잘 보이지 않는다. 초점이 흐릿하기도 하고 사진 자체가 오래되기도 해서다. 그게 더 고맙다. 정확하지 않아 상상의 여지가 많기 때문이다. 사진을 볼 때마다 매일 변하는 피사체의 감정, 그리고 나의 감정. 셋의 감정의 교차들. 그래서일까. 같은 사진이지만 볼 때마다 다르다. 시큰하거나, 알싸하거나, 축축하거나, 빛나거나. 여기엔 언어로 표현하기는 어려운 그 무엇이 있다. 말로 표현할 수 있다면 나는 시를 썼겠지.

어쩌면 핑계에 불과할 것이다. 그냥 한 장의 종이일 뿐이다. 사람과 감정과 배경은 만질 수 없지만 사진은 손에 쥘 수 있다. 그것이 주는 안도감. 검은색 종이나 그냥 흰색 혹은 녹색 종이 한 장을 보면서도 같은 감정을 느낄지도 모른다. 하지만 내 인생이 들어 있는, 어디서 더는 구할 수 없는 한 장의 종이다.

아빠랑 엄마는 호텔에서 처음 만났어. 아빠는 피아니스트였고 엄마는 리셉셔니스트였지.

엄마랑 아빠는 학교 다닐 때 나갔던 단체 미팅에서 만났어. 처음 파트너는 아니었는데, 나중에 둘이 연결됐지 뭐야.

아빠는 엄마 첫사랑의 친구였어. 첫사랑이 군대에서 사고로 죽는 바람에 아빠가 위로해주다가 그만.

이건 말 안 하려고 했는데, 엄마 아빠는, 사실 나이트클럽에서 만났단다.

기차를 타고 가다 옆자리에서 졸다가 어깨에 기댔지 뭐야. 그게 너희 아빠야.

엄마는 아빠는, 무엇이었을까.

수많은 환상 같은 거짓말 중에 하나라도 내 것이 있었으면 좋겠다.

나는 직업만이 아니라 추억도 환상도 꿈도 발명한다.

소리가 나는 쪽으로 머리를 향한 횟수

"유턴을 해야겠다."

아버지가 말했다.

"안티구아라고 굉장한 곳이 있어."

쉬익. 벽 틈으로 바람이 새 들어오는 소리가 들렸다.

또 올 것이 왔다.

내게 직진의 감수성이 있다면 아버지에게는 끊임없이 유턴하는 버릇이 있다. 유턴을 이렇게 많이 하면 그것이 도리어 직진이 되어버릴 수 있다는 걸 아는지 모르겠다.

"유턴을 하기 위해 길 끝까지 달리는 사람은 없지. 그래, 그건 인정한다."

하지만 잘못된 걸 알았을 때는 과감히 돌아설 줄도 알아야 한다, 그건 창피한 게 아니다, 이게 아버지의 요지였다. 문제라면 아버지는 유턴을 너무 자주 한다는 것이었다. 그리고 그건 아버지 노래 가사잖아요, 라고 말하려다 참았다. 어차피 들리지 않을 것이다. 결심을 발표할 때면 아버지 눈에서는 이상한 빛이 났는데 이때도 그랬기 때문이다. 아마 그 광채가 한때나마 누군가를 사로잡았던 힘일 것이다.

나는 황제펭귄을 떠올렸다. 가장 기온이 낮은 남극 최북단에 사는 황제펭귄은 암수가 서로 번갈아가며 새끼를 돌본다. 암컷이 알을 낳으면 수컷이 품어 부화시키고, 암컷이 돌아오면 수컷은 다시 암컷에게 새끼를 넘겨주고 먹이를 구하기 위해 먼 항해를 떠난다. 또 어딜 가려고. 하지만 재빨리 고개를 저었다. 나는 새끼 펭귄이 아니다.

아버지는 내 나이 때, 아니 지금의 나보다도 더 어릴 때 이미 수만 장의 음반 판매고를 올린 적 있다. 맞다. 한때 밤무대 섭외 1순위로 전국 방방곡곡을 밴을 타고 누빈 '오케이, 유턴'의 주인공이다. 첫 앨범에 수록된 곡이 드라마에 삽입되면서 순식간에 인기 가도를 달리게 됐다는 무용담은 하도 들어서 이제는 내가 직접 겪은 일 같다.

유턴이라는 건 언제나 조마조마하다. 바로 내 앞까지 달려오다가도 언제든 방향을 바꿔 돌아갈 수 있고, 떠났다 싶은데도 갑자기 선회할 수 있다는 점에서 그렇다. 어떤 이가 유턴해주기를 간절히 바라지만 영영 뒷모습만 남기도 하고, 반대 경우에는 완전히 떠나보냈다고 마음 놓고 있는데 휙 핸들을 꺾어 돌진해 오기도 한다.

아버지는 나열하는 걸 좋아한다. 그건 감각의 나열일 수도 있고, 지식의 나열일 수도 있다. 중요한 건 나를 향한 대사라기보다는 독백이나 방백에 가까운 말들이라는 점이고, 그래서일까 이제 아버지는 한 권의 오래된 책처럼 여겨진다. 언제부턴가 아버지의 무용담은 빛에 바래 누런 책장을 넘기는 소리가 되어버렸다.

아버지의 말은 새 책의 겉표지를 손톱으로 긁어 내려가는 소리 같다.

아버지의 말은 낡은 책의 겉표지를 엄지손가락으로 문지르는 소리 같다.

아버지의 말은 페이지를 넘기다가 흔드는 소리 같다.

아버지의 말은 페이지를 빠르게 넘기는 소리 같다.

아버지의 말은 빌린 책을 떨어뜨리는 소리 같다.

"말 시키지 마. 떠, 떨린다고."

아무 말도 하지 않았는데 도도는 이렇게 말하며 핸들을 꼭 쥐었다. 땀도 연신 흘렸다. 도도가 직접 운전하는 차는 처음이었다. 도도 역시 이런 장거리 운전은 처음이라고 해서 셋다 무서운 드라이브였다.

"그냥 공항철도 타고 간다니까."

도도가 차를 뽑았다며 아버지의 짐을 싣고 공항으로 출발한 지 한 시간째였다.

"휴일아, 친구가 선의를 베풀었는데 그렇게 말하면 못쓴다. 받는 법도 배워야지."

아버지는 뒤에 눕듯이 앉아 아주 신이 났다. 정말 얄팍하다. 전에는 기름 한 방울 안 나는 나라에서 자가용은 쓸데없다 어떻다 하더니 배웅의 기분에 들떠 있는 게 분명하다.

도도가 고마운 건 사실이었다. 도도는 엘의 분류체계에 따르면 '낮'밖에 없는, 비밀이 없는 심심한 친구지만, 그래서인가 모태솔로지만, 또 그래서 믿을 만한 좋은 사람이다. 어둠도 비밀도 틈도 별로 없는, 그렇기에 믿을 만한 친구. 내 속사정까지 시시콜콜 알고 있고, 아버지의 외유에 운전까지 맡아 해줄 정도로 따뜻한 면이 있다.

"도도야, 너는 벌써 취직을 다 했다며. 덕분에 내가 호강하는구나."

"아버님은 그러니까 콩을 사러 가신다고요?"

각자 할 말만 하는 이상한 드라이브는 공항에 도착할 때까지 계속됐다.

"휴, 휴일아 여기!"

황 실장은 공항에 먼저 나와 있었다. 아주 오래된 누런색

30

양복을 입고 말이다. 그는 일을 하지 않을 때도 양복을 고수했다. 보기만 해도 덥고 짜증이 났다.

나를 본 황 실장은 과도하게 반가워했다. 그건 미안함의 다른 표현이라는 걸 알고 있다. 황 실장은 아버지의 옛 매니저이자 이번 사업 여행의 동반자였다. 중요한 건 무엇보다 둘이 암묵적 애인 사이라는 점이다. 그냥 보면 중년의 절친 아재들로밖에 보이지 않지만, 애인이 맞다. 그래서일까. 황 실장은 나를 볼 때마다 어쩔 줄 몰라 한다. 내 손에 전문가용 카메라를 처음 쥐여준 것도, 학교 상담에 아빠 대신 와준 것도, 전시 오프닝에 협찬을 받아다준 것도 황 실장이다. 하지만 나는 고맙다는 표현을 하지 않는다.

"휴일아, 그냥 잘 보내드리자."

도도가 내 표정을 살피며 말했다.

"도도야, 정말 다시 한번 고맙구나. 이렇게 배웅을 다 해주고. 정말 우리 휴일이 좀 잘 부탁한다."

나를 뺀 세 남자가 서로 얼싸안았다.

"걱정하지 마세요. 자주 들여다볼게요. 휴일이에게 밥 얻어먹으러 갈 거예요."

나는 도도에게 어서 가자는 눈짓을 했다. 남들 눈에는 내가 매우 싸가지 없는 젊은이로 보일 것이다. 하지만 모르는 소리다. 가해자와 피해자가 뒤바뀌는 건 순식간이다. 황 실장은 자신 때문에 우리 가정이 파탄 났다는 걸 알고 있다. 백만 번을 미안해한다 해도 과거는 돌이킬 수 없는 것이다.

엄마는 황 실장 때문에 집을 나갔다.

엄마는 아버지와 황 실장의 관계를 알고 집을 나갔다.

엄마는 아버지가 남자를 사랑한다는 사실을 알고 집을 나갔다.

(하지만 아버지의 말에 따르면 아버지는 엄마도 사랑했다.)

엄마는 아버지가 남자를 사랑한다는 사실을 숨겨서 집을 나갔다.

엄마는 아버지가 다른 사람을 사랑한다는 사실을 알게 되어 집을 나갔다.

요지는, 엄마는 나를 두고 집을 나갔다는 거고, 그건 내가 엄마에게 중요하지 않았다는 걸 뜻한다.

나는 그래서 그 분을 황 실장에게 푼다. 그가 받아주지 않는다면 할 수 없을 텐데 매번 꼬박꼬박 눈을 깔고 미안해하니 더더욱 허공에 발길질을 하는 기분이 든다.

돌아서는 두 사람의 가방은 중고 핸드폰을 비롯한 정체불명의 기기들로 불룩했다. 자그마치 오백만 원어치였다. 그 핸드폰이 해외 신사업의 밑천이었고 유턴의 원동력이었다. 목적지는 안티구아, 사업의 실체는 커피콩 재배법 조사 및 커피콩 수입 등이었다.

"커피가 마약처럼 될 때가 분명히 올 거야. 기후는 바뀌고 있고, 커피콩은 줄어들고 있어. 그런데 사람들은 모두 이미 커피에 중독된 거지! 커피가 금이 되는 시대가 눈앞이다."

아버지 눈의 광채가 출국장에 들어갈 때까지도 꺼지지 않았다.

DVD방이, 라오스 음식이, 실내운동기구가, 탈모방지제가, 한방 생리대가……. 아이템만 바뀌었지 늘 같은 자리를 채워 아버지 입을 통해 나왔다.

도도의 운전은 갈 때보다 훨씬 여유로웠다. 나는 비로소 창밖 풍경을 바라봤다.

"태유 진짜 해림 누님과 사귀는 거냐? 태유 자식 여자 꼬시는 재능은 진짜 어디서 온 거냐."

모태솔로인 도도는 언제나 관심사가 연애다. 작업실을 같이 쓰는 태유는 언제나 여자들에게 인기가 많다. 이번에는 해림 누나다. 기획 쪽 일을 하는 선배인데, 선배라고는 하지만 그냥 업계 선배라고 두루뭉술하게 지칭하는 말이다. 독립 큐레이터이자 갤러리스트고, 얼마 전에는 해외레지던스 플랫폼도 운영하기 시작했다고 들었다. 사람 보는 눈도 있고, 자신의 전공인 디자인 실력도 뛰어나다. 무엇보다 작업에 대한 이해도가 높다. 물론 그래서 같이 일하기 싫을 때도 있지만.

어쨌든 이 바닥 지원금 사냥꾼으로는 최고다. 이건 빈정

대는 말이 아니다. 지원금을 타내는 건 작업을 하는 것만큼 이나 중요한데 작가가 매번 알아보기도, 또 새로운 게 생기면 맞는 영역인지 판단해서 지원하기도 쉽지 않다. 그럴 때 필요한 게 해림 누나 같은 존재다. 물론 그러려면 누나와 얼마만큼의 친분이 있어야 한다. 눈에 띄지 않는 녀석을 챙겨줄 만큼 한가한 사람은 없으니. 아무튼 우리에겐 여러모로 마중물 같은 존재다. 그런 누나가 태유를 좋아해 연인으로 발전한 건 태유에게 큰 행운이다, 라고 모두들 말하지만 글쎄 모르겠다. 나중에 해림 누나와 틀어지면 뒷감당을 어떻게 하려는 걸까.

"같이 작업실 쓰는데 얼굴 못 본 지 오래됐어. 요즘 상가 일로 겁나 바빠."

"야, 진짜 빈익빈 부익부 아니냐. 난 이렇게 연애할 준비가 다 됐는데 반겨주는 여자 하나 없고 말야."

"은지 어때? 은지!"

나는 농담을 건넨다. 은지는 식구 같은 존재다.

"은지가 좋다면……."

세상에 그런데 도도 녀석의 얼굴이 불그레해진다. 정신 차려. 이러니 도도는 연애가 안 되는 거다. 한 번도 안 해봐서 못 하는 거고, 그래서 또 한 번도 못 해보는 것. 그것이 모태솔로의 슬픔이다. 내가 누구에게 연애코치를 할 주제는 못 되지만 도도를 보면 한숨이 난다. 모 아니면 도인 단순한 녀석. 억울한 건 그럴수록 소문만 많다는 점이다. 정착할 수 없으니 계속 타깃을 옮기게 되고, 그러면 여자애들은 알아서 피한다. 요란한 빈 수레는 이렇게 탄생한다.

"은지가 좋다면, 인터뷰는 하고 싶어."

응? 무슨 소리지?

"은지 아버지와 함께 묶으면 그림이 될 거 같아."

"은지 아버지? 상가에서 화실 하시잖아."

"응. 근데 은지 아빠도 사실 공무원이셨대. 그림 그리는 공무원도 있더라고."

"그래? 금시초문인데?"

은지 아버지는 을지로 지하도에서 오랫동안 화실을 운영해왔다. 그림을 배우거나 하는 곳은 아니고, 고객의 초상화를 그려주기도 하고 명함이나 각종 장식용 그림을 제작하는 곳이었다. 하지만 전직 공무원인 줄은 몰랐다.

"옛날에는 대통령 초상화 같은 거 그리는 팀이 있었나 봐. 나도 잘 모르는데 이번 기회에 자세히 알게 되면 좋지. 은지가 제발 공무원이 되어야 할 텐데. 그래야 을지로 장인과 공무원 딸의 청계천 데이트, 뭐 이런 거 발제해보지 않겠냐. 기획중이야."

시내로 접어들자 차가 막히기 시작했다. 집 근처에 오니

나는 비로소 아버지가 떠나갔다는 걸 실감할 수 있었다. 결국 전직 가수는 장판이 누렇게 뜬 투룸에 '오케이, 유턴'을 비롯한 자신의 음반들만을 남기고 떠났다.

안다. 버림받았다고 할 수는 없다. 새끼 펭귄인 척할 수도 없다. 나는 성인이고 아버지는 자유로운 인간이다. 사실 아버지와 사는 게 마냥 좋은 것도 아니다. 두 남자가 데면데면하게 사는 집. 고독만 두 배다. 그래도 누군가 떠난다는 건, 그래서 오는 코끝의 알싸함은 심장까지 닿는다.

외로움은 태풍과도 같다. 코앞에 올 때까지도 모르다가, 갑자기 회오리처럼 보이지 않는 바람에 부딪혀 무너지는 것. 바람은 평소에도 부니까, 하고 만만하게 생각하다가 생각지 못했던 그 무게에 느닷없이 휘청이게 되는 것이다.

저스트, 푸시, 레이백

아버지가 떠난 날 밤에도 나는 저스트, 푸시, 레이백, 저스트, 푸시, 레이백. 엘과 함께 침대에서 리듬을 탔다.

"좋아요?"

"응."

"해요?"

"응."

"지금요."

"응."

나는 그녀의 구석구석을 애무했고 정확하게 저스트, 조금 빠르게 푸시, 간질간질 애태우며 레이백, 오래오래 버텼다. 그녀가 충분히 느꼈다고 생각할 때가 되어 사정을 했는데 그만 그녀의 쇄골에 정액이 후두둑 떨어져버렸다.

"이런. 미안."

그녀는 깔깔댔다.

저스트, 푸시, 레이백. 저스트, 푸시, 레이백은 리듬을 타는 법을 뜻한다. 같은 악보로 연주를 해도 모두가 동시에 정확한 지점에 소리를 낼 수는 없다. 정확히 박자를 맞추는 사람이 있는가 하면—저스트, 조금 빨리 나가는 사람도 있고—푸시, 그리고 조금 늦는 경우—레이백도 있다. 온몸과 귀를 열고 애쓴다 해도 0.01초의 차이라도 나기 마련이다. 물론 이 오차 범위는 0.01초 정도여야 한다. 그 이상 차이가 나면 그냥 엇박자고 실패한 합주가 될 뿐이니까. 이 규칙은 듀엣, 트리오, 콰르텟, 오케스트라 어디든 모두 적용된다. 재미있는 건 한 사람도 빠짐없이 정확하게 연주를 한다면 그 음은 소멸되고 만다는 점이다. 완벽은 곧 소멸인가. 어차피 완벽할 수 없으니 상관없다.

편의점에서 산 '카리스마 콘돔'은 무용지물이 됐다. 정식 명칭은 카리스마 롱텍스. 케이스에는 '오랜 시간 사랑을 지속시켜준다'는 문구가 적혀 있었다. 그녀의 신음을 오래 듣고 싶었는데 타이밍이 안 좋았다. 콘돔 없이 하는 것이 불안해서 빨리 끝난 거라고 변명해본다.

물수건으로 엘의 몸을 꼼꼼히 닦아낸 후, 불충분한 섹스에 대한 보상으로 열심히 손으로 최선을 다했다. 엘은 조금 부끄러운 듯 굴더니 곧 매우 즐기고는 만족스러운 표정으로 눈을 감았다. 나는 엘의 표정을 확인한 후 뺨에 키스를 하고 옆에 나란히 누웠다. 두 사람의 체온으로 데운 시트는 따뜻하고 축축했다. 살금살금 엘의 손가락을 잡고 간질간질 장난을 친다.

콘돔 없는 섹스가 힘든 건 다 첫사랑에게 받은 교육 때문이다. 나는 첫사랑에게 콘돔 사용법과 동시에 콘돔 없이는 절대로 섹스할 수 없다는 것을 배웠다. 그런데 정작 그녀는 나랑 헤어지고 석 달 만에 다른 남자와 결혼을 했다. 속도위반이었다. 그렇게 첫사랑에게 차이고 오래 울고 오래 방황했다.

내가 어찌해볼 수 없는 일이 많다는 건 인생 전반에 이미 많이 깨우쳤지만 닥칠 때마다 아팠다. 그때 느꼈던 절벽 같은 감정은 아마 다시는 느낄 수 없을 것이다. 절벽 끝에 선 감정이 아니라 날아다니다가 절벽에 머리를 부딪친 새가 된 그런 심정. 한동안 헤어나지 못했다.

그리고 몇몇 짧은 연애를 거치다가 나리를 만나서 제법 오래 갔다. 하지만 나리도 다른 남자와 결혼했다. 비혼율이 높다는데 왜 내 여친들은 다들 이렇게 결혼을 빨리 하는지 모르겠다. 흥. 그래도 문자로 통보해온 이별은 아직도 용서할 수 없다. 삐걱대고 있다는 건 둘 다 느끼고 있었다. 굳이 헤어짐을 입 밖으로 꺼내지 않아도 우리의 감정은 슬슬 소멸했을 수도 있다. 하긴 잘됐다. 가난한 아티스트 커플. 구질구질하다.

"평범한 회사원."

은지는 구여친의 남편에 대해 딱 이렇게 여섯 음절로 말했다.

"연예인이냐?"

평범한 회사원이라니. 특별한 회사원도 있나.

나는 추잡스럽게도 가끔 나리 SNS 계정을 탐색한다. 핸드폰 속 세계가 칠 할은 가면이라는 걸 알지만, 그래도 그녀의 신혼의 행복이 나를 가시처럼 찌른다. 아침저녁의 행복한 상차림, 실루엣으로 보이는 남편. 이런 모든 것에서 도망치기 위해 엘을 만나는지도 모르겠다. 서로가 예쁘거나 맛있기만 하면 되는, 선을 넘지 않는 이런 사랑 말이다.

"그런데 아버지는 어디로 떠나신 거야? 커피 사업을 하신다고?"

나도 엘에게 말한 것 이상 아는 게 없었다. 고장 난 핸드폰들과 커피 사업의 상관관계는 알 수 없었지만, 황 실장과 함께 유난히 들뜬 모습은 뇌리에 오래오래 남을 것 같았다. 그들은 계속 행복할까. 전성기 때 몰아쳤던 사랑의 여러 모습은 빼더라도, 아버지는 오래도록 과거의 환영으로 현재를 살고 있다. 과거의 달뜬 얼굴과 마음으로, 현재의 비극과 미래에 대한 불안감을 접었던 것 같다.

신기한 건 아버지가 떠난 지 몇 시간이 채 되지 않았는데, 많은 부분이 이해가 가기 시작했다는 점이다. 정말 이상한 일이었다. 아직 도착도 하지 않았을 텐데.

"루왁을 수입한다고는 했는데, 정해놓고 가는 건 아닌 것 같고. 잘될 것 같지는 않아요."

"루왁이라면 동물 똥 커피?"

"더럽죠."

"그보다도, 동물 학대잖아."

엘은 사향고양이에 대해 말해주었다. 우리에 갇혀 커피만 먹으며 살아야 하는 사육 고양이.

"모든 루왁이 그런 것은 아니겠죠?"

"수요가 많으면 별 수 없지. 사향고양이들은 거의 미쳐서 우리를 뱅글뱅글 돌거나, 이상 행동을 보인대. 안 그러는 게 더 이상하긴 하지."

당장 전화를 걸어 말해주고 싶었지만 불가능했다.

그러고 보면 엘은 동물에게 각별한 마음을 갖고 있었다. 한번은 약속 장소에 나갔는데, 쉿 하며 조용히 하라는 몸짓을 해서 보니 다람쥐 가족에게 선풍기를 틀어주고 있었다. 나는 그 순간 이상하게 생의 정적을 느꼈다. 작은 숲에 부는 시원한 바람. 대가 없는 선의. 노력 없는 기쁨. 그냥 주어진 행운. 왠지 눈물이 고였는데 어떤 강력한 힐링의 순간에 나오는

'찐' 분출물 같았다. 엘이 그만큼 귀엽기도 했고, 내가 그 다람쥐와 별로 다르지 않다는 기분이 들기도 해서인 것 같다.

그 순간 나는 그 시간 그 곁에서 차도 없는 엘이 집에서부터 선풍기를 들고 나오는 모습과, 엘을 만나기 위해 그 공원에 온 것 같은 다람쥐 가족을 떠올렸다. 한 편의 애니메이션 같았다. 그냥 종이 다를 뿐 조금 더 가진 자가 나누는 어떤 모습. 부도 명예도 생색도 잠언도 없는 세계.

그날 우리는 조용히 그 공원을 걷기만 했다. 세상에 없는 사람들처럼. 세상에 없는 시간처럼. 그날 엘은 맨발에 낡은 가죽 샌들을 신고 있었다. 그녀가 좋아하는 빈티지였을 것이다. 나는 그때부터 엘을 생각하면 낡은 가죽 샌들이 떠오른다. 세상에서 제일 예뻤던 그 낡은 신발 그리고 그 순간.

아버지에게 당장 루왁의 실체를 알릴 수는 없었지만 한 가지 희망은 있었다. 아버지는 유턴이 습관이라는 거다. 신나게 달리다 느닷없이 핸들을 꺾을 것이다.

"어차피 아버지 말대로 되지는 않을 테니 내버려두면 그만일걸요."

아버지가 토끼가 되어 돌아온다고 해도 나는 눈 하나 깜짝하지 않을 자신이 있다.

"하긴 잘되는 게 중요한 게 아니라 무엇이든 한다는 게 중요하지. 아버지도 시간을 견뎌야 하니까."

저스트, 푸시, 레이백. 엘과 다시 한번 리듬을 타면서 나는 '너무 빠른 성공'에 대해 생각했다. 소년 급제를 한 사람들은 그 후 반복되는 실패에도 불구하고 자신의 실패를 인정하려 들지 않는다. 하긴 누가 유리잔에 남은 김빠진 콜라를 마시고 싶겠는가. 아버지는 콜라의 첫맛, 그 보글보글한 탄산 맛을 잊지 못했다. 그래서 끊임없이 유턴을 했겠지. 그걸 말릴 방법이 없다는 걸 안다.

생은 어쩌면 음식과도 비슷하다. 모르는 음식은 영원히 그 맛을 알 수 없지만, 한번 맛을 본 것은 모른다고 할 수 없다. 그러고 보면 맛은 단지 입으로만 느끼는 게 아니다. 미각이 첫 번째긴 하지만 후각이나 시각 또한 중요하고, 더 나아가 그 못잖게 중요한 게 또 있다. 바로 촉각이다. 면이 퍼져 있다면 더 이상 면이 아니고, 질긴 고기는 이미 고기가 아니다. 그러므로 제대로 된 촉각을 한 번이라도 맛본 사람은 그 전의 세계로 돌아갈 수 없다.

세상의 모든 전성기는 그 찰나다. 모든 것이 아주 잠깐 동안 딱딱 맞아떨어지던 그 순간. 우리는 모두 긴 어둠 속에서 아직 먹지 못한 음식을 기다리거나, 단 한 번 맛본 그 최고의 맛을 그리워하며 살아간다.

"나는 사실 여자였어요. 분명히 여자애였는데, 엄마가 집을 나가고 얼마 후 남자가 됐어요. 내 기억은 또렷한데 아무도 믿어주지 않아요."

내가 습관처럼 중얼거리면,

"그렇구나. 그래서 여자를 좋아하나 부다."

엘은 대수롭지 않다는 듯 이렇게 말하며 머리를 쓰다듬는다.

그 손길에 왈칵 눈물이 쏟아졌다. 나는 유독 엘 앞에서 잘 운다. 왜 그런지 모르겠다. 엘에게는 사람을 울게 하는 힘이 있는 걸까.

엘에게는 삼 년째 우는 동거인이 있고, 내게는 집을 떠난 아버지와 나를 버린 어머니와 죽은 할머니가 있다.

그러니까 나에게는 아무도 없고, 엘에게는 우는 사람이 있다.

마카로니를 사랑하는 사람들의 모임

"이럴 거면 네가 음식점을 차려!"

후미진 골목에 숨어 있는 태국 음식점을 찾아온 도도가 이렇게 말하며 앉았다. 구석진 언덕집으로 호출한 것에 대한 불만이 큰 것 같았다. 날씨가 갑자기 더워지긴 했다.

"잘 먹을 거면서 투덜대긴."

도도에게 시원한 자스민차를 따라줬다. 음식점을 고르는 건 거의 언제나 내 몫이다.

"은지는?"

"아직. 나만 왔어."

우리는 은지의 공무원 합격 축하파티를 해주기 위해 모였다. 그렇다. 은지가 한턱 쏘는 자리다. 공무원이라니. 생각보다 빠른 합격을 축하했지만 한편 놀라움을 금치 못했다.

"그럼 은지 이제 작업은 어떡하지."

"해서 뭐 하냐. 이제 안정된 삶을 사는 거지."

기쁜 일이지만 동지를 잃었다는 상실감이 들기도 했다. 누구보다 열정이 넘쳤는데. 나와 태유가 그만두게 되더라도 은지는 끝까지 이 바닥에 남아 있을 것 같은, 그런 친구였는데. 정말 세상일은 모르는 것 같았다.

가게를 찬찬히 돌아본다. 벽에는 먼 나라의 사진이 붙어 있고, 테이블은 작고 소박하지만 정결하다. 빤히 들여다보이는 작은 주방의 불기운이 좋다. 누군가 나를 위해 음식을 한다. 그것이 큰 행복이다.

은지가 우리의 세계에서 이탈했다는 소식은 뭔가 서운하고 충격적이었지만 입맛이 떨어지지는 않았다. 동지를 잃을 때마다 밥맛이 떨어졌다면 지금쯤 기아 상태에 허덕일 거다. 어차피 같이 가자고 우길 수 있는 길은 아니다. 이제 색칠 공부 하듯 살아가면, 은지에게는 연금이라는 황홀한 미래가 기다리고 있겠지. 아니다. 쉬운 색칠 공부는 아닐지도 모른다. 내가 모르는 세계로 들어갔을 뿐이다. 힘들어 보이지 않는 직업은 잘 모르는 분야뿐이다.

'그깟 그림.'

'사진이야 아무나 찍지.'

'내 인생 펼치면 소설 한 권이야.'

'어디 내가 한번 노래 한 곡 뽑아봐?'

'공무원이나 하면 팔자 늘어질 텐데.'

이런 농담들은, 그 분야를 모르기 때문에 할 수 있는 말이다. 그 세계로 들어가면 똑같은 크기의 고민이 우리를 누를 것이다.

곧 태유가 들어왔다. 겨드랑이와 등이 땀으로 흥건했다. 언제부턴가 작업보다 상가 프로젝트에 더 열심인 것 같더니 외모도 좀 달라졌다. 해림 누나가 작업만 열심히 하라며 밀어줄 것 같았는데, 그건 또 아닌가. 마침 그때 밑반찬이 깔리기 시작했고 태유는 표정이 환해졌다. 태국 음식점에서는 거의 볼 수 없는 마카로니가 놓였다.

"역시 휴일이 넌 믿음직해. 잊지 않고 있었구나."

태유가 이런 말을 할 때 도도 입으로는 마카로니가 정신없이 들어가기 시작했다.

"당근이지. 우리가 나름 마사몬데 그것도 안 알아봤겠냐. 근데 얼굴 보기가 왜 이렇게 힘드냐."

우리 넷이 친해진 이유가 마카로니라는 걸 기억한다. 학교 식당에 마카로니 무침이 반찬으로 나온 날 미친 듯이 퍼먹다 마주친 넷이었다. 우리는 그날부터 '마사모(마카로니를 사랑하는 사람들의 모임)'를 만들었고 마카로니가 반찬으로 나오는 집을 공유했다.

"여기 마카로니 맛집 업뎃해야겠다."

태유도 마요네즈가 범벅된 마카로니를 입에 털어 넣으며
말했다.

"마카로니가 나오는지 아닌지는 가보지 않고서는 알 수
가 없으니 정말 소중한 정보라구. 생각해 봐. 전화해서 '거기
마카로니가 밑반찬으로 나오나요?' 할 수는 없어. 물론 요즘
마카로니 메인요리 집이 더러 생겼지만, 나는 그냥 이런 작은
접시에 담긴 마카로니면 돼."

사실 그래서 더 맛있는 걸 수도 있다. 덤의 맛.

"어휴, 공짜 밥이라니까 일찍들도 와 있다."

이때 은지가 등장했다.

"공무원 납셨다."

도도의 설레발에 은지도 싫지 않은지 브이를 그렸다. 은
지가 민원 처리하는 건 좀처럼 상상이 되지 않는다. 우리한테
는 노상 툴툴거리지만 가면 잘하겠지.

"마카로니든 뭐든 다들 맘껏 먹어. 오늘 누나가 쏜다."

"안 그래도 이미 시키셨다."

바로 메인요리인 뿌팟퐁커리가 나왔다. 나는 땀처럼 흐
르는 침을 닦고 먹기 시작했다.

"근데 이거 휴일이도 할 줄 안다."

"정말?"

"뭐, 별거 아닌데. 누구나 할 수 있어."

"난 얘 음식점 차리면 백 퍼 성공이라고 생각한다."

도도가 음식점 운운하는 건 내가 유독 맛에 집착해서다. 맛없는 음식을 먹느니 안 먹는 게 낫다는 게 내 생각이긴 하다. 맛없는 걸 먹으면 불만족 때문에 자꾸만 더 과식하게 된다. 물론 이건 집안 내력이다.

"맛없는 건 버리는 게 나은 거다. 인생에서 먹을 한 끼가 없어지는데, 그걸 맛없는 걸로 때우는 건 너무 인생에 잘못하는 거지."

아버지가 생애 단 한 번 멋있어 보인 적이 있는데, 바로 이때였다. 학교에서 급식을 남기면 혼난다고 말했을 때 해준 답변이었다. 하지만 맛있는 걸 좋아한다고 해서 요식업에 뛰어들어도 되는 건 아니다.

카메라를 황 실장 덕에 만졌다면, 요리에 대한 감각은 순전히 엄마의 부재, 그리고 음식을 잘하는 복순 씨 덕분이다. 아, 복순 씨는 세상을 떠난 할머니다. 복순 씨는 라면 하나도 그냥 끓이는 법이 없었다. 양파와 두부, 마늘, 어떤 날은 김치, 어떤 날은 만두.

"이거저거 다 넣으면 이도 저도 아닌 겨. 콩나물과 김치만 딱, 두부랑 양파만 딱. 내 새끼가 벌어다 주는 피 같은 돈으로 버릴 음식은 만들면 안 되지."

아버지와 나를 해 먹이는 것이 삶의 의무이자 낙이었던 복순 씨. 그래도 아버지가 잘한 점이라면 복순 씨를 일터로 불러내지 않았다는 점이다. 이유는 '엣지 있는' '세련된' '도시 음식'을 팔기 위해서였지만, 내 계산으로는 복순 씨의 할머니 백반집을 차렸다면 매우 흥했을 거라 장담한다. 아버지는 언제나 '엣지'가 중요했다.

엠티나 여행을 갈 때 그래서 나는 들깻가루나 산초, 태양초 고춧가루, 통후추 등을 조금 넣어 가지고 간다. 이왕 먹는 거 맛있게. 대학 시절 첫 엠티 때 통조림을 잔뜩 뜯어서 김치찌개인지 부대찌개인지 알 수 없는 걸 끓여 먹은 일이 있는데 그때 나의 조미료들을 비장의 무기로 꺼냈다. 친구들은 김치찌개에 뭔가 넣는 것보다 엠티에 조미료를 가져온 걸 더 놀라워했다. 물론 내가 먹을 소중한 한 끼를 위해서였다. 내 생에 남은 끼니 중 포기할 수 없는 한 끼.

맛에 예민한 건 심리적인 이유가 아니라 미각이 발달해서다. 그러므로 요리사는 매우 힘든 직업이다. 나는 맛을 알기 때문에, 그리고 아버지가 한번 음식점을 하다 왕창 망했던 적이 있으므로 더욱 요식업은 엄두도 내지 않는다. 요리는 내가 먹을 것만 하고 싶다. 요리사가 되어 타인의 입맛까지 고려하며 살고 싶지 않다.

"근데 진짜 고생 많았다. 축하해. 어떻게 단번에 붙었냐."

"가산점도 있고. 아무튼 운이 좋았어. 이제 해방이다!"

은지 본인이 누구보다 신났다.

"넌 언제 작업할 거야. 맨날 어딜 그렇게 돌아다녀. 같이 작업실 쓰는데 얼굴 보기가 더 힘드냐."

나는 태유에게 머뭇대다 말을 꺼냈다. 도도는 만만한데 태유는 확실히 그렇지 못하다. 더 친하지만 속을 모르겠다고 해야 하나. 아니다. 잘 모르겠다. 사람의 감정은 매일매일 변한다. 내 질문에 태유는 현란한 손짓으로 게를 뜯으며 답했다.

"야. 지금 우리가 이럴 때가 아냐. 요새 지원사업 되게 많아. 그리고 회의만 들어가도 참석비를 얼마씩 줘."

그러더니 명함을 내밀었다. 내게도 같이 가자고 한 적이 있는데, 정신이 없기도 했고, 회의나 모임 같은 게 부담스러워 미루다 보니 시일을 놓쳤던 생각이 났다. 태유 명함에는 기획팀장이라고 쓰여 있었다. 태유 네가? 태유의 기획력이 좋긴 하지만 그건 작품을 할 때고, 다른 데서 무슨 일을 하는지 도무지 알 수가 없었다.

"해림 누나랑은 잘돼가?"

"잘되긴 뭐. 그냥 만나는 거지."

누나가 태유를 워낙 좋아해서 만나는 걸 안다. 그녀 덕에 태유가 지금 바빠진 것도 무시할 수 없다. 사주에 금이 많다는 그녀는 언제나 일거리를 물어온다. 자잘하지만. 엘은 내게

일 같은 걸 갖다주는 편은 아니다. 오히려 이쪽 업계는 잘 모른다. 그냥 분주히 혼자 이 일 저 일을 한다. 나도 같은 분야, 같은 언저리 애인은 별로다. 구여친으로 충분하다. 나는 여자를 통해 성공하고자 하는 타입은 아니니까. 물론 태유가 그렇다는 건 아니다.

이어서 나온 똠양꿍과 팟씨유, 솜땀, 팟타이, 그리고 마지막으로 커리와 밥까지 추가했다. 그사이 태유는 마카로니를 세 접시나 비웠다.

"그만 먹어. 넌 이걸로 배를 다 채울 거냐. 까짓거 누나가 가다가 마카로니 한 봉지 사준다."

은지가 태유를 말렸다. 다음 음식을 기다리는 시간은 초조하면서도 행복하다. 황홀감까지는 아니지만 충분히 돼지가 되겠다는 각오가 공기 중에 떠돈다. 우리는 땀을 뻘뻘 흘리며 이국의 음식을 먹었다. 태유에게 뭐라 할 건 아니다. 나는 고수를 두 접시나 추가해서 계속 고수 범벅으로 먹었으니까.

"고수를 키워봐야겠어. 날씨가 이상하리만치 더워지니까 불가능한 일도 아닐 것 같아."

내 말에 이제 몇 년 후면 사과도 딸기도 먹을 수 없는 세상이 된다고 은지가 슬퍼했다.

"야, 망고 먹으면 돼."

도도와 은지가 주거니 받거니 할 때 태유는 얼이 빠진 듯 보였다. 여전히 작업실에서 얼굴 보기가 힘들었는데 SNS나 언론에서 보는 일이 잦아졌다. 언론이라고 해봤자 대단한 건 아니었지만 청년사업 어쩌고 하는 타이틀이 나오면 어김없이 발언자로 태유가 밑에 언급됐다. 작품을 너무 등한시하는 것 같았지만 뭐라고 할 수는 없었다. 넣을 수 있는 건 다 넣는다. 그리고 되면 한다. 이게 지원금을 대하는 우리의 태도였다. 세운상가 안에는 이미 그런 거점이 수두룩했다. 책이 없는 서점, 옷이 없는 의상실. 그리고 어쩌면 작업하지 않는 작업실의 주인인 우리도 그중 하나였다.

이런 생각을 할 때 태유가 엉뚱한 소리를 했다.

"동물원에서 알바할 생각 있어?"

"동물원?"

"한번 해봐. 작업 구상에도 도움될 거 같고."

도도가 부추겼다. 작업과 알바는 구분하는 게 좋지만 시작할 때는 언제나 이런 유혹에 빠진다. 작품 구상에 도움이 될 것이다, 라는 희망 사항.

"생각 좀 해볼게."

동물원이라니. 곧 닥칠 무더위가 무서웠다. 하지만 그래서 내게까지 온 것 같아 단박에 거절할 수 없었다.

"참, 너희 인터뷰 좀 하자 언제."

도도가 말을 꺼냈다.

"어떤 기산데?"

"'청년 예술가의 사는 법' 정도가 될 거 같아."

은지가 '오 예, 예술가아' 하며 비웃었다.

"어우 됐어. 예술가라니. 차라리 날씨가 인간관계에 미치는 영향을 기획해서 써보는 게 어때?"

에어컨 바람에도 연신 땀을 닦는 도도에게 내가 말했다. 언제부터인지 계절은 여름과 겨울밖에 없었다.

"그런 건 너희 예술가들이 할 일이지. 우린 경제지라고."

"요즘 을지로가 핫하잖아. 은지와 아버지 커플 1탄. 너네 커플 2탄. 어때?"

나는 도도와 태유 얼굴을 번갈아 바라봤다.

"좋지. 요즘 할 얘기가 제법 돼."

태유는 능숙하게 질문을 받아내며, 준비할 것까지 물었다. 어른들의 세계 같아 어쩐지 불편하다. 은지는 공무원이 됐고, 태유는 기획팀장이라는 명함을 들고 셔츠를 입고 다닌다.

제일 어린애 같았던 도도조차 일에 몰두한다.

"너는 이제 아예 작업 안 해?"

화제를 도도에게 돌렸다. 어쩌면 치사할 수 있는 작업 공격. 하지만 대답은 쿨했다.

"어유. 난 원래 사진과도 대학 좀 쉽게 가려고 하다 독박 쓴 거야. 엄빠 때문에. 과외받던 거 생각하면 이걸로 뭔가 뽑아내야 하는데, 그냥 지금이 좋아. 일하고 돈도 벌고, 이렇게 맛있는 것도 먹고."

테이블이 네 개밖에 없는 가게는 어느새 다 차 있었다. 젊은이 넷의 배는 쉽게 채워지지 않았다. 이제 우리는 입가심으로 시킨 커리를 먹을 차례였다.

출입구 쪽에는 동남아 사람들이 앉아 있었다. 동향 손님이 놀러 온 모양이었다. 모국어로 대화하는 모습이 정겨워 보였다. 나물무침 같은 걸 산처럼 쌓아두고 먹는데 나도 군침이 돌았다. 이국에서 자기 나라의 음식을 먹는 기분은 어떨까. 태국 음식점에서 마카로니를 먹는 기분일까. 우리는 태국 요리를 먹으면서 마카로니를 맛있다고 하고, 마카로니를 먹으면서 남의 테이블의 나물을 흠모한다. 이상한 일이다.

그때였다. 옆 테이블의 여자가 갑자기 울음을 터뜨렸다. 여자 앞에는 딸로 보이는 꼬마가 앉아 있었다. 우는 모습을 보는 게 실례 같아서 그쪽을 바라보지 않기 위해 애써야 했다. 이 난감한 상황에 우리는 어떤 역할을 해야 하나. 작은 음식점에서 일어난 작은 소동에 모두 숨을 죽였다. 눈물을 눈치챈 사람들은 모두 다 얼어붙었다. 그때 엄마를 물끄러미 바라보던 아이가 엄마 옆자리로 다가가 테이블 위의 냅킨을 집어 얼굴 위의 물을 닦아주었다.

엄마는 그런 딸을 꼭 껴안았다. 나는 저렇게 하지 못했던 걸까.

그때는 나도 분명 저런 여자애였는데.

작업 노트를 폈다.

얼굴의 물 얼굴의 물 물 위의 얼굴 물속의 얼굴 갇힌 얼굴 얼굴의 물

기억하지 못할 메모들이 쌓여간다.

핑크스핑크스

　동물원 우리에 있는 핑크스핑크스가 원래부터 핑크스핑크스는 아니었다. 동물원장은 유명한 외국 동물원도 가보고, 저명한 동물학자의 의견도 간접적으로나마 살피며 자신의 동물원에 대해 생각했다. 물론 정말로 자신의 동물원은 아니었지만, 운영을 맡고 있는 이상 생각이라는 걸 해야 했다.

　동물원이라는 건 꼭 필요해 보이기도 하지만, 사실 유사시에는 가장 먼저 그 쓰임새가 바뀌는 곳이었다. 전쟁이나 공황, 지진, 산불 같은 재해가 일어날 때 동물원은 무기고가 되거나 방공호로 변신하기 마련이었다. 그건 사실 동물원이 꼭 필요한 건 아니라는 방증이기도 했다. 잉여의 공간. 가변의 공간.

　변신하지 않는 건 동물뿐이었다. 호랑이로 태어나면 죽

을 때까지 호랑이, 개로 태어나면 죽을 때까지 개, 쥐는 언제나 쥐, 뱀은 아무리 잠을 자도 뱀, 타조는 타조였다. 사는 곳을 옮기고, 먹이를 바꾸고, 기후가 아무리 바뀌어도 양이 펭귄으로 바뀌는 일은 일어나지 않았다.

원장은 동물원을 매일 산책하기 시작했다. 관람객 동선을 따라 끊임없이 걸으며 동물들과 눈을 맞춰나갔다. 동물은 우리 속에서 물과 밥으로 살아갔다. 그렇다면 사람은 무엇으로 살아갈까. 동물원장은 스피커에서 나오는 안내 방송을 들으며, 사람은 사람의 음성으로 살아간다는 생각을 했다.

그러던 어느 날 기린 우리 옆, 비어 있는 우리 하나를 발견했다. 사육사를 불러 물었지만 어깨를 으쓱해 보였고, 수소문해보아도 원래 어떤 동물이 있던 곳인지 기억하는 이가 아무도 없었다. 이상한 일이라고 생각했다.

원장은 그날 퇴근길에 동물원 옆 유원지에 들렀다. 작은 바이킹, 컵 차, 대관람차와 회전목마가 있었다. 놀이기구 전구에 하나둘씩 불이 들어오면 더없이 예뻤다. 그는 영롱하게 빛나는 대관람차를 오래도록 서서 바라보았다. 알 수 없는 기억에 눈물이 맺히기도 했다.

나오는 길, 손금을 봐주는 기계를 발견했다. 스핑크스의 입에 팔목까지 넣어 손금을 스캔하면 수명과 성공운, 재물운, 가정운을 봐준다고 쓰여 있었다. 몇 번이나 손을 넣을지 말지

망설이다가 속절없이 회전목마만 탔다. 스핑크스의 벌린 입이 팔을 깨물 것 같았다. 그는 회전목마가 꼭 인생 같다고 생각했다. 끝없이 돌고 돌고, 멈추면 어지럽기만 했다. 뭔가 지루한데, 또 지루하다고는 할 수 없었다. 인생이 주마등 같다는 말이 사실 이 회전목마를 뜻하는 거였군 생각하니 모든 게 시시해졌다.

회전목마에서 내려 아직 조금 어지러움이 남아 있을 때 용감하게 스핑크스의 입에 손을 넣었다.

(모두가 당신의 결정을 기다리고 있군요.)

누가 봐도 평범한 운세였다. 그는 스핑크스에 대해 검색해보았다. 이집트에 있는 스핑크스는 머리는 사람이고 몸체는 사자인 태양신이었다. 이집트에 한 번도 가보지 못했지만 피라미드와 스핑크스는 많이 본 것 같았다. 그러고 보니 수수께끼도 떠올랐다. 아침에는 네 다리로, 낮에는 두 다리로, 밤에는 세 다리로 걷는 짐승이 무엇이냐. 그것이 사람이라는 것은 정말 수수께끼의 정답이라기보다는 정답을 정해놓고 그것을 모르는 사람을 희롱하는 느낌이었지만, 어쨌거나 기발한 발상이라고 생각했다. 스핑크스는 얼굴과 몸체가 정해져 있는 게 아니라 오리엔트 지역에는 다양한 모습으로 퍼져 있다는 것도 알게 됐다. '세세푸우 앙크' 또는 '세세푸우'로 불린다는 것도.

다음 날 당장 원장은 빈 우리에 들어가서 누워 있기를 반복했다. 물론 스핑크스로 변장을 하고서. 변신은 인간만이 할 수 있는 가장 위대한 일이 아닐까 싶었다.

사람은 목소리로 살기도 하지만, 변신으로, 위장으로, 거짓말로 사는 거라는 생각도 했다. 처음에는 스핑크스의 적임자를 찾을 때까지만 테스트로 있어보겠다던 원장은 좀처럼 나오는 일이 없었다. 직원들과 가족이 찾아오기도 하고 대화도 시도했지만 누운 채로 이상한 소리만 반복했다. 그것은 음성이라기보다는 음향에 가까웠다. 혹자는 그 음성을 이집트의 언어라고도, 외계의 존재를 부르는 주문이라고도, 의미 없는 의성어라고도 했다.

결국 초대 스핑크스이자 동물원장은 우리 안에서 생을 마쳤고 초대 블루스핑크스로 동물원 명예의 전당에 남았다. 직원들은 스핑크스 우리를 없앨 것인지 계속 둘 것인지 회의에 회의를 거듭했다. 결과적으로 적합한 스핑크스가 발견된다면 서로에게 좋은 일이라는 결론이 나왔고, 죽을 때까지 근속하는 조건으로 모집하기 시작했다. 물론 4대보험과 적절한 연봉, 무엇보다 정규직이라는 치명적 장점이 있었기에 스핑크스 경쟁률은 무려 389:1의 경쟁률을 자랑했다. 초대 스핑크스의 상징성을 기리기 위해 2대 스핑크스는 몸을 핑크빛으로 물들이고 근무하기 시작, 핑크스핑크스로 불리며 현재 이십 년째 결근 없이 근무중이다.

스핑크스의 멘트는 녹음된 기계음으로 나오며, 관객과 직접 대화를 해서는 안 된다.

음식물 반입은 안 되나 몸통을 넣는 긴 우리 안에 생수와 약물 정도는 지니고 있어도 좋다.

가능한 한 우리에서 이십사 시간 생활을 권하나, 외출증을 끊어서 나가는 것은 가능하다. 다만 관객의 눈에 띄지 않는 동물원 폐점시간에 모든 스핑크스의 특징을 지우고 다녀오는 것을 원칙으로 한다.

칠십이 시간 내 돌아오지 않을 시, 특별한 연락 없이 명예의 전당으로 보내지고 3대 스핑크스를 모집한다.

사람들은 삼삼오오 핑크스핑크스를 구경한다. 핑크스핑크스가 사람인데 핑크스핑크스가 되었다는 사실 자체가 하나의 구경거리기 때문이다.

곰과 사탕

태유가 동물원 일을 제안한 건 한편으로 핑크스핑크스의 안부를 묻기 위해서라는 걸 안다. 태유 아버지는 십팔 년간, 아니 그사이 이 년이 지났으니 이십 년간 핑크스핑크스로 동물원에 근무하고 있다.

"핑크스핑크스?"

"네. 태유 아버지가 핑크스핑크스예요."

"우리에서 먹고 자고 해?"

성인 남자가 동물원 우리에서 이십 년을 지내다니.

"아마도요?"

나 역시 처음에는 듣고도 믿지 못했으니, 엘이 이것저것 묻는 건 당연했다.

"이제 동물원에 가게 되면 보겠죠. 태유는 도저히 못 보겠나 봐요. 저를 통해 안부나 알려는 거죠."

"그러게. 아무래도 옆에서 지켜보는 건 힘든 일이니까."

울고 있다는 엘의 동거인이 떠올랐다. 아직도 울어요? 물으려다 말았다. 뭐든 자세히 알면 책임도 늘어난다. 아버지는 허황된 꿈으로 내 속을 썩이긴 하지만 힘들어하는 모습을 보인 적은 그닥 없다. 오히려 현실감 없이 행복해서 얄미운 쪽인데, 어쩌면 그게 다행일지도 모르겠다는 생각을 태유 아버지 때문에 처음으로 했다.

"휴일인 동물원에 가면 어떤 일을 하게 되는데?"

"아직은 잘 모르겠어요. 가봐야 알 거 같은데, 아마 그냥 잡일? 기술적인 일이나 전문적인 건 그들이 하겠죠."

동물원에서 데이트를 하자고 제안해봤지만 거절당했다. 단번에 거절하는 건 아니고 눈알을 뒹굴뒹굴 굴리다가 뭔가 굉장히 아쉽다는 듯이 하는 거절 방식이 엘에게는 있었다. 그럴 때마다 당하는 기분이 들었는데, 결정을 자기가 하면서 어쩐지 불가피한 사유 때문인 것처럼 말하기 때문이다.

"내 버킷 리스트 중 하나가 호주 동물원에 가보는 거야."

"호주 동물원요?"

이런 말을 할 때 엘의 얼굴은 코알라나 캥거루 같기도 했다. 눈동자가 유독 까맣고 큰 엘. 악마거나 동물 둘 중 하나겠지.

"응. 호주에는 큰 동물원이 많대. 자연의 모습을 그대로 옮긴? 페더데일, 와일드 라이프……. 그리고 또 있었는데 까먹었어. 뭐 호주에 가게 되면 다시 찾아볼 거야. 아무튼 버킷 리스트야. 그런 동물원이라면 핑크스핑크스는 존재할 수조차 없을걸."

먼 남반구의 얘기를 듣다 보니 초등학생 과외 숙제가 생각났다. 글자로만 존재하는 곳.

"그런데 사실 난 식물원에서 일하고 싶었어. 수목원 같은 곳. 그런 데서 일할 수 있다는 걸, 원예사 같은 직업이 있다는 걸 너무 늦게 알아서 포기했어."

"그런 데 나이 제한이 있어요?"

"나이 제한이 없는 직업이 얼마나 되겠어. 게다가 수목원이나 식물원이 전국에 몇 개 안 되잖아. 한번은 인터넷 게시판에 글을 올린 적이 있어. 물론 지금의 너보다 몇 살 어렸을 때지. '지금이라도 원예사가 될 방법이 있을까요? 수목원이나 식물원에 취직하고 싶어요.' 지금 생각하면 그런 걸 왜 올렸을까 민망한데, 회사에 출근해서 자투리 시간에 올렸더니……."

"답이 왔어요?"

"응. 왔어. 이런 식이었지. '지금 고개를 들어 당신의 주변에 화분이 있나 보세요. 직장에 다닌다면 아마 적어도 한두 개는 사무실 안, 혹은 주변 어딘가 있을 겁니다. 더 많을 수도 있고요. 그러면 그걸 매일 가꾸세요. 제일 일찍 출근해서 물도 주고, 사비를 털어서 가끔 영양제도 꽂아주세요. 점심시간에는 통풍도 신경 써주시고, 종에 따라서 해가 드는 곳과 아닌 곳으로 구별해서 놔주셔도 됩니다. 자, 축하합니다. 이제 당신은 그 구역의 원예사입니다.'"

피식 웃음이 났다. 그 대답이 우습다기보다 엘에게도 진로 때문에 갈팡질팡하던 시절이 있었구나 싶어서였다.

"지금은 어때요?"

"응, 지금도 화초를 잘 기르는 편이지. 하지만 뭔가 보살필 건 최소화하는 게 좋은 것 같아. 동물원이라니. 없어지기 전까지는 그래도 잘 보살펴주는 게 좋으니 한번 해보든가."

엘이 좋다.

편리해서도 좋지만, 뭐든 그냥 한번 해보든가, 라고 말하는 그 무심함이 편안하다. 엘은 편리하고 편안하다.

우리는 이제 서로의 몸에 익숙하다. 그래서 익숙한 섹스를 하고, 익숙하게 요리를 해 먹거나 시켜 먹고, 각자의 할 일을 한다. 나는 게임을 하고, 엘은 유튜브를 본다. 나는 작업 스케치를 하고 엘은 예약 시스템을 체크한다. 나는 강의 노트를 작성하고 엘은 에어비앤비 후기를 체크한다.

우리는 늘 일에 묶여 있지만, 하릴없이 영화를 틀어놓고 누워 있기도 한다.

　오늘 나는 초등학생 숙제를 하고, 엘은? 엘은 곤히 잔다.

　나는 엘의 잠든 모습을 자주 보는데, 정작 엘은 불면증이라고 우긴다.

　"너랑 있을 때만 잘 자는 거야."

　엘이 그렇다면 그런 거다.

　성마른 눈썹, 퍼진 검은 머리, 앙다문 입술. 잠든 엘의 얼굴은 언뜻 오노 요코 같다. 그렇다면 나는 존 레논 같은가? 전혀 아니지만 오노 요코를 닮은 얼굴은 좋다.

　잠든 엘을 뒤로 둔 채 노트북을 켰다. 와이키키 해변, 몰디브 산호섬, 아일랜드 애런 제도, 밀퍼드사운드, 펀디 만을 검색했다. 한 번도 가본 적이 없고, 죽을 때까지도 갈 일이 없을 것 같은 곳이다. 밀퍼드사운드나 펀디 만은 태어나 처음 들어봤다. 과외지도를 하고 있는 아이의 방학 숙제를 돕기 위해서다. 요즘 초딩은 나보다 지식이 많다. 지식과 정보는 다르다고 하지만 그것도 아닌 것 같다. 정보가 그냥 지식인 세상이다. 나는 챗지피티에게 답을 대신 물어볼 사람으로 고용된 셈이다.

　휴, 사실 다 거짓말이다. 과외지도도, 숙제를 돕는다는 말도 틀렸다. 나는 그냥 숙제 청부업자다. 부잣집 아이들은 너무 바빠서 부모가 숙제해줄 사람을 고용한다. 부잣집에서 태어난 건 부럽지만, 바쁜 건 부럽지 않다. 바쁘면, 그러니까 매일매일 바쁘면 아무것도 제대로 느낄 수 없기 때문이다.

그래서 나는 시간이 많다. 원래부터 시간이 많았던 것은 아니다. 나도 시간이 돈이라는 생각을 했던 때가 있다. 대학에 막 들어갔을 때 정말 하루를 쪼개서 살았다. 그리고 군대에서 생을 탕진하던 때는 자다가도 분한 마음이 들 만큼 시간이 아까웠다. 마음에 들지 않는 여자애랑 데이트를 하게 될 때도 그랬는데, 그건 상대방도 마찬가지였을 것이다.

엘과 나의 시간은 어떻게 될까. 나중에 무엇으로 기억하게 될까.

숙제 청부업은 백화점 사진 강좌의 수강생이었던, 아이 어머니의 제안이었다. 앳돼 보였는데 초등학생 아이가 있다는 것에 놀랐다. 그리고 너무 부잣집이라서 또 한 번 놀랐다. 그 집 거실의 대리석 바닥을 걸을 때 양말에 구멍 난 것 같은 기분이 들었다. 분명히 새 양말이었음에도 불구하고 말이다. 아이는 또래에 비해 덩치가 작았지만 조약돌 같다고 해야 하나, 야무진 느낌이었다. 긴장했던 첫 만남 때 은은한 향기가 나는 공부방에서 인사를 건넸다.

"꿈이 뭐니?"

아이는 한숨을 크게 쉬었다.

"당연히 부자죠. 그런 것 좀 묻지 마세요."

"미안해. 할 말이 없어서 그랬어."

그런데 너는 이미 부자 아니니, 묻고 싶었다.

"정확히는 꿈이 없어요."

그렇구나.

"요즘 초딩은 꿈이 유튜버라던데."

부자가 꿈인 거랑 같은 맥락인가.

"일반화하지 마시고요. 뭐 사실 그건 이미 이뤘어요."

아이가 보여준 햄스터 유튜브를 본 후로 나는 입 닥치고 조용히 숙제를 넘겨주곤 했다. 그때 이후로 몇 번 빼고는 주로 원거리 강의로 만났다. 물론 내가 아니라 그 녀석이 너무 바빴기 때문이다. 나도 그 편이 좋았다. 사제지간 같은 게 없어진 지는 오래였고, 또 하나의 서비스업이었기 때문이다. 그 녀석은 '무지개햄찌마을' 구독자 한 명을 얻었고, 나는 햄스터의 놀이터라는 세계를 알게 된 게 부가적 소득이라면 소득이었다.

"어렸을 때 꿈이 뭐였어요?"

영화를 보고 있는 엘에게 물었다.

엘은 영화를 보면서도 혼자 귀에 이어폰을 꽂기를 좋아했는데, 뭔가 분열이 일어나지 않을까 염려되면서도 그 모습 자체가 아이디어가 되기도 했다. 소리와 장면의 분리, 혹은 겹침.

"꿈? 장래희망 같은 거 말하는 거야?"

"응. 왜 전에 말한 정원사 같은 일 말고 아주 어려서 생각하는 거 있잖아요. 우주비행사나 대통령 같은."

"나는 곰이 되고 싶었어. 왜 단군신화 보면 곰이랑 호랑이가 마늘이랑 쑥 먹고 곰이 되잖아. 그거 보면서 거꾸로 곰이 될 수 있다면 좋겠다고 생각했지. 물론 자라면서 계속 바뀌었어. 수리부엉이나 독수리였다가, 아, 그리고 여우도 있었다. 그거 알아? 여우가 미치면 애교가 많아진대."

항상 내 상상을 뛰어넘는다.

"너는?"

나도 솔직히 말했다. 우주비행사나 대통령, 과학자 말고.

"사탕요."

엄마가 다녔던 사탕 공장. 동네를 감싸던 녹은 사탕의 냄새. 달콤한 탄내. 사탕이 되면 엄마와 하루 종일 붙어 있을 수 있다고 생각했다.

엘은 말없이 뺨을 어루만져주었다.

엘의 체취가 좋다. 비 냄새, 바람 냄새, 풀 냄새. 엘에게서 나는 약간 코가 아린 머스크향. 그런 게 좋다. 체취가 좋다고 코를 비벼댔지만 돌아온 대답은 이랬다.

"분위기 좀 잡지 마. 그냥 향수 냄새야."

아, 네.

제일 싫은 건, 비린내. 물컵에서 나는 비린내는 정말 질색이다. 식당에 가서 물을 따르기 전 컵에 코부터 댔다가 욕을 먹은 일도 여러 번이다. 보통은 그런 모습을 보면 까다로운 사람으로 여기는데, 엘은 달랐다.

"네가 동물 같아서 좋아. 이런 짐승."

내 킁킁대는 모습을 보며 엘이 한 말이다. 그래서 나는 이렇게 답했다.

"다른 남자는 사람이니까 조심해요. 나만 짐승이야."

우리만의 말놀이가 좋다.

어떤 날의 엘에게서는 엄마 냄새가 나는 것 같다. 기억을 조작한다면, 그게 가능하다면 말이다.

엘이 나에 관해 아는 것만큼은 아니지만 나 역시 누구보다 엘에 관해 잘 안다고 자부할 수 있다. 특히 엘의 몸 구석구석. 어쩌면 그녀는 모를 수도 있는 신체의 부분들. 생김새를 눈 감고도 묘사할 수 있고, 어느 부위에서 어떤 냄새가 나는지도 알 수 있다.

엘이 곰을 먹을 때 내가 말했다.

"싫어하는 음식이 뭐에요?"

"글쎄."

엘은 한 봉지의 하리보를 다 먹고서야 간신히 자기가 싫

71

어하는 음식을 발견해냈다.

"젖은 마늘."

"응?"

"젖은 마늘 있잖아. 왜 삼계탕 같은데 들어가서 흐물거리는 거. 그게 입에서 퍼질 때 기분이 아주 별로야."

"아……."

"난 젖은 마늘을 싫어해! 네가 물어봐주지 않았더라면 영원히 내가 젖은 마늘을 싫어한다는 걸 모르고 살 뻔했지 뭐야. 귀여운 녀석."

엘이 내 볼을 꼬집었다. 이런 식이면 내 볼은 남아나지 않을 것 같다. 모르긴 몰라도 애인에게 이런 걸로 칭찬받는 사람은 드물 것이다.

엘은 호르몬 작용이 사람들을 예민하고 비이성적으로 만든다며, 착각과 초조함을 선물하고 쓸데없는 긴장을 준다며 경계했다. 물론 다이어트에는 좋지만.

하리보를 오물거리며 하는 말은 여전히 알쏭달쏭하지만, 이런 사소한 논쟁조차도 서로 잘 맞으니까 지속되는 거라 생각한다. 엘과 나는 서로 별 불만이 없다.

아니, 나는 불만이 별로 없다.

"하리보를 끊어야 할 텐데. 잔인하게 곰을 통째로 먹고 있어."

알록달록한 곰 젤리 하리보를 한 움큼 입에 넣고 오물대
며 말하는 엘은 귀엽다. 엘과 나는 둘 다 매우 귀엽다.

귀여운 우리의 입안에서 곰들이 속절없이 녹아버린다.

물렁뼈와 미끈액

(휴일아. 너도 나 안 만날 거니.)

형수 형에게서 오랜만에 메시지가 날아왔다. 나는 그의 텍스트를 물끄러미 바라봤다. 한없이 불쌍해 보이는 글자였다. 글자도 불쌍해 보일 수 있다는 걸 이때 알았다.

나의 멘토였던 형수 형은 이제 은둔자가 되었다. 귀엽고 어리석었던 과거라는 기억에 그는 골목대장이기도 하고 최고의 기타리스트로 저장되어 있기도 하다. 골목대장이라는 말은 정겹지만 약간의 웃음을 준다. 왜, 그런 거 있지 않나. 대학생이 초등학생에게 잘난 척하는 것. 중학생이 유치원생에게 영어를 해 보이거나, 실패한 수영선수가 이제 수영장에서 발차기 시작하는 초보자에게 접영 시범을 보이는 그런 것. 프로게이머가 컴퓨터를 처음 만지는 조카 앞에서 현란한 기술을 선보이는 것. 우와! 으쓱. 형이 내게 그런 존재였다. DVD방 알바를 시작하며 만난 형은—그때는 정말 멋있었다— 내게 많은 것을 알려줬다. 특히 기타에 대해서, 음악에 대해서 정말 그랬다.

"세계에는 삼 대 명품 기타가 있지. 먼저, 마틴. 1833년 마틴 형제의 이름을 따서 만든 건데, 이게 우리가 듣는 그 모든 올드팝을 녹음했다고 봐도 과장은 아니다. 에릭 클랩튼이나 에드 시런, 존 메이어 같은 가수들은 마틴 시그니처 모델을 보유하고 있다는 사실. 그런가 하면 깁슨! 이건 특히 휴일이 너처럼 나약한 미대 녀석이 장착해야 하는 놈이지. 상남자의 기타랄까. 물론 그런 만큼 마감이 조금 거칠다는 단점이 있다. 그만큼 호불호는 있지만 아주 매력적이라 할 수 있다. 그럼 이것은 무엇이냐! 이놈은 나온 지 얼마 안 됐지만 샤방샤방하고 모던한 음색을 자랑하지. 테일러 스위프트 시그니처야."

강렬했던 첫 만남을 토씨 하나 빼놓지 않고 아직도 기억하고 있다.

'미대 오빠'에게 부족한—나는 굳이 따지자면 사진학과였는데!— 남자로서의 스킬을 알려준다며 여자에게 호감 사는 법을 자기도 잘 모르면서 많이 알려줬고, 개똥철학도 수시로 장착해줬다.

"어떻게 시간이 돈이냐? 시간은 시간이지. 시간이 금이라는 말이 되게 무서운 거야. 어떻게 시간을 돈으로 환산할수가 있냐. 그건 시간에게 매우 모욕적인 거야. 그냥 시간은 공기나 바람, 물처럼, 그래, 물은 아니라 치자. 수도세 내니까. 시간은, 하여간 우리 모두에게 주어진 선물 같은 거야. 왜 그걸 금이나 돈으로 바꾸지? 우리는 시간을 그냥 누려야 해. 벌거벗고 햇빛 아래서! 시간이 돈이라는 말은 우리를 일터로 내몰기 위한 무언의 압박이라고. 그 압박에서 벗어나야 해. 죽기 전까지 시간은 모두에게 아주 똑같이, 아주 풍부하게 주어진 거라고."

꼭 형수 형의 이런 말 때문에 내 시간에 대한 관념이 바뀐 것은 아니지만 영향을 전혀 받지 않았다고 볼 수도 없다.

(어딘데?)
(나의 성.)

우사단로에서 작업실을 같이 쓰다가 만기가 됐을 때 형이 간 곳이 바로 근처의 다른 재개발 지구였다. 역에서 이십 분 남짓 걸었을 뿐인데, 형의 작업실은 서울이 아닌 것 같았다. 언덕 꼭대기를 조금 오르자 바로 온몸이 땀범벅이 됐다.

이사할 때 내가 이걸 도왔지.

와, 그러고 보니 진짜 우린 가좃 같은 관계라고밖에는 말할 수가 없다. 가족 말고 '가좃'. 우리는 가족을 '가좃'이라고 쓰곤 했는데, 가족이라고 발음할 때의 안온함은 거부하되, '가좃'이라고 해서 너무 욕처럼은 만들지 말자는 합의에 따른 거였다.

대문은 녹슬었고, 초인종은 고장 났으며, 내가 선물한 오색 총총 알전구는 철 지난 크리스마스트리 같았다. 그 와중에 굳이 마중 나온 바보 형을 바라보니 남은 우애마저 사그라들었다. 그런데 형 옆에는 못 보던 개가 두 마리 있었다. 그것도 대형견. 두 마리는 나를 보자 미친 듯이 짖어댔다.

"자, 나이트, 러닝! 조용히 해. 형님 친구다."

말은 이렇게 하지만 두 마리의 개는 형의 말도 잘 듣는 것 같지 않았다.

"웬 개야?"

"유기견 입양했어."

형이 입양 가야 할 처지 아닌가.

"두 마리씩이나?"

"응. 둘이 같이 버려져서. 어차피 키우는 거, 같이 했지. 왜 다들 애가 둘은 있어야 한다고 하는지 알겠더라고. 이게 한 놈만 있으면 어디 가기가 좀 그런데, 둘이니까 외출하기에도 괜찮고. 걱정이 덜 돼."

왜 이래, 형. 이제 어디 딱히 갈 데도 없잖아.

"근데 이름이 뭐라고? 나이트?"

"요놈은 진도 잡종 나이트, 요놈은 완벽한 변견 러닝. 내가 이제 얼굴 들고 못 다니잖냐. 그래서 밤에 주로 달리는데 얘들하고 같이 뛰어. 근데 개 이름은 영어가 멋있더라고. 그래서 나이트, 러닝. 자, 나이트, 들어가! 러닝, 너도! 더우니까 집에 들어가 있어!"

두 마리는 나를 힐끗 보다가 각자의 집으로 들어가서 휴식을 취했다. 개들에게는 더 뜨거운 날이었다.

형이 범죄라면 범죄를 저지른 건 맞지만, 밖에 못 다닐 정도는 아니다. 그렇게 유명인은 아니라서 알아보는 사람이 많은 건 아닐 텐데. 폭염에 사람들이 조금씩 이상해지고 있는 걸까. 너무 더워서 잠시 어지러웠다.

"시원한 거 줄게. 그래도 덕분에 햄스트링 운동 제대로 한 거다, 너. 물렁뼈와 미끈액이 아주 간만에 활동했어."

"물렁뼈와 미끈액은 또 뭐야."

형은 사람의 신체 부위에 대해 말할 때 전문용어를 쓰곤 했다. 대퇴부, 늑골, 이런 말로 나를 긴장시켰는데, 오래 지내 보면 그게 다라는 걸 알게 된다. 몇 안 되는 전문용어를 돌려 쓰는 셈이다.

"얼마 전에 과학책에서 읽었는데, 사람의 뼈와 뼈가 연결된 곳에는 물렁뼈와 미끈액이 들어 있대. 굉장하지? 우리 몸 안에 그럼 얼마나 많은 미끈액이 있는 거야. 우후. 상상만 해도, 온몸이 미끌미끌."

형은 나보다도 몇 배로 시간이 많은 게 분명했다. 인디 뮤지션으로 그럭저럭 버텨나가던 형수 형이 공연 음란죄로 고소를 당한 건 인디 씬에서 알 만한 사람은 다 아는 일이었다. 공연 중에 누가 말릴 새도 없이 옷을 홀라당 다 벗어버린 사건이 그것이다. 티셔츠를 벗을 때까지만 해도 아무도 이런 결말을 상상하지 못했고, 바지를 벗을 때 카메라가 흔들렸다. 그리고 순식간에…….

더는 말하기도 싫다.

그리고 그에 대한 형의 변명은 너무나 천연덕스러워서 대거리할 수조차 없었다.

"신체의 어떤 부위는 부끄럽고, 어떤 부위는 자랑스러운 게 너무 차별적이잖아. 손은, 눈은, 어깨는 부끄럽지 않고 왜 엉덩이는, 고추는 부끄러운 거지? 나는 신체평등주의자야. 팔꿈치나 궁둥이나 똑같이 대우해주고 싶었어."

다만 이 말을 시작할 때와 끝나갈 때의 목소리는 매우 달랐다. 웃으며 넘어갈 일은 아니었다.

뉴스로나 접하던 일을 지인에게서 볼 때 사람들의 태도

는 조금씩 다르다.

1. 그를 같이 욕하고 피한다.
2. 남들에게 최대한 변명을 해주고 같이 욕먹는다.
3. 남들 앞에서는 욕하고 돌아서 그에게는 은밀하게 연락해 위로한다.
4. 애초에 모르는 사람인 척한다.

형의 말로는 4번이 가장 많았다고 한다. 3번이 가장 사회화가 된 거겠지만 나는 4번과 2번의 중간 형태 즉 형수 형과 내 관계를 모르는 사람에게는 굳이 형에 대해 말하지 않았고, 형을 쌩까기보다는 그래도 가끔은 이렇게 만나는 쪽이었다. 그건 순전히 아버지의 가르침 덕분이었다.

'세상 모두가 손가락질해도 한 사람만 옆에 있으면 죽지는 않는다.'

죽지는 않는다. 죽지는 않는다. 이 말이 한번 머리에 박힌 후로는 잊히지 않기 때문이다.

형수 형은 목사님 댁에서 자랐다고 들었다. 그러니까 굳이 따져 가족이라면 그분들뿐인데, 왕래가 없었다. 이상하게 목사님 댁에 살 때의 일에 대해서는 한마디도 하지 않았다. 물론 나도 묻지 않는다.

지금은 저렇게 혼자가 되었지만 이 집으로 처음 이사 왔을 때 한 집들이가 기억난다. 그때는 지인도 많이 모여 집이 북적댔다. 그날 형수 형은 노래도 했고 아니나 다를까 깁슨 자랑도 했다.

"제 삶의 동반자, 깁슨. 이 녀석을 소개하죠. 1967년생 올드 깁슨이죠. LG-0란 모델이고요. 베트남전에 미군 병사가 갖고 가서 향수를 달랬다는 스토리가 있는데, 미국과 일본을 떠돌다 제게 왔습니다. 자, 이 녀석 실력 한번 다 같이 들어볼까요?"

그때의 박수 소리가 아직도 들리는 것 같다.

다시 만난 형은 의외로 잘살고 있었다. 에어컨도 있었고, 못 보던 가전제품들도 눈에 띄었다.

"이거, 내가 만든 탄산수에 레몬 몇 방울 넣었다. 바이타민 C 좀 섭취해둬."

탄산수를 제조하다니.

"정말 시간이 많구나. 형, 그나저나 비 올 때마다 누전된다더니 이제 괜찮아?"

탄산수의 톡 쏘는 맛은 어쨌거나 좋았다.

"응. 주인에게 말해서 고쳤어. 18만 원 들었어. 공사하는 김에 중고 에어컨도 달고. 어때, 뷰도 좋고. 이만한 데가 없다니까."

돈은 어디서 날까 싶어 물었다.

"혹시 기타 판 거야?"

그러고 보니 형의 분신처럼 나란히 놓여 있던 두 대의 기타 중 한 대밖에 보이지 않았다.

"둘을 사랑하기엔 너무 벅차. 하나는 입양 보냈다."

아니. 개는 두 마리나 들이고.

"나이트랑 러닝도 먹여야 하고. 그리고 뭐 내가 앞으로 음악 할 수 있겠냐. 그런데 이 탄산수 기계는 그걸로 산 거 아냐. 라디오에 사연 보내서 선물로 받은 거야. 득템!"

이삿날 함께 칠했던 페인트가 조금 얼룩져버렸다. 시간은 어쩌면 이렇게 정직한지. 그날 나는 평생 할 페인트칠은 다 한 것 같다. 들어오자마자 형이 목장갑과 작업복, 그리고 페인트 통을 들려줬기 때문이었다. 처음 왔을 때 이 집은 마치 〈미녀와 야수〉에 나오는 야수의 집 같았다. 몰락한 귀족의 느낌이 물씬 풍겼다. 애니메이션 말고 장 콕토의 버전.

재개발 지역이라 주인이 거의 버려둔, 그래서 거저 주다시피 한 월세로 들어간 건데 들어갈 때의 행복함에 비해 문제가 많은 집이었다. 무려 2층 집이지만 집 안에서 올라가는 구조가 아니라 바깥으로 독립된 옥탑방이었다. 외부는 좀 음산하지만 형의 손길 때문인지 적어도 안은 제법 깔끔하게 정리되어 있었다. 집 안을 둘러볼 때 형이 내게 말했다.

"아직 을지로에 있지? 빼고 여기 와서 같이 써. 싸고 넓고 시끄러워도 되고. 이만한 데가 없다, 너, 서울 시내에."

"근데 형, 여기는 아무리 와도 적응이 안 돼. 너무 힘들어. 높아."

집은 넓었지만 굉장한 언덕 위에 있다는 치명적 단점이 있었다. 나는 소리 질러 노래할 일도 없고, 무엇보다 장비가 그때그때 달라져 접근성이 좋아야 했다. 혹시 관계자와 미팅이라도 있으면 이곳으로는 부르기가 그랬다. 존재 자체가 부끄러운 그런 곳이었다.

그래도 허물어진 몇 개의 벽을 차치하더라도 족히 방이 네 개는 나오는 구조로 미루어보아 옛날 부잣집임이 분명했다. 높은 천장, 벽장, 버려진 샹들리에. 모든 것이 몰락한 귀족의 것들 같았다. 부엌 옆에는 도우미 방도 붙어 있었다. 옛날 영화에서 본 하녀의 방. 가운데 뚫린 방에는 집주인이 놓고 갔다던 오래된 앤티크 옷장이 있었는데 나는 볼 때마다 들어가고 싶은 충동에 시달렸다.

"저 옷장 너 줄까. 너 옷장 좋아하잖아."

없는 사람끼리 못 도와줘서 안달이다.

"아니."

나는 단번에 거절했다. 내게 아무리 옷장 페티시가 있다 해도 저렇게 크고 무거운 앤티크 옷장을 이 집에서 갖고 내려가는 건 상상만으로도 더웠다.

"형. 계속 곡을 썼으면 좋겠어."

집을 나서기 전 내가 해줄 수 있는 말은 이뿐이었다. 형이 해준 스파게티를 먹고 내려오며 뒤를 돌아봤다. 형은 집 앞에 서서 오래도록 내게 손을 흔들었다. 쓰러져가는 저택은 형수 형 혼자 사는 무인도였다. 명절 특집으로 봤던 어떤 옛날 영화가 떠올랐다. 한 남자가 표류되어 무인도에서 살아가는 이야기. 그에게 배구공 윌슨이 있다면 형수 형에게는 아직 팔지 않은 깁슨과 나이트 그리고 러닝이 있었다.

완전히 뒤돌아 내려올 때 두 마리 개가 컹컹 짖는 소리가 산동네 언덕 전체에 울려 퍼졌다. 형은 자신의 방공호이자 은신처인 자신만의 성에서 나를 내려다보며 오래오래 서 있었을 것이다.

그날 내 작업 노트에는 미끈액과 물렁뼈가 더해졌다. 이런 메모들이 언제 작업이 될 수 있을까. 아이디어는 살아가는 힘이기도 하지만 빚쟁이처럼 나를 짓누르기도 했다.

녹는 시간

"낮과 밤이 다 있는 사람이 좋아."

엘이 다리를 벽에 기댄 채 누워서 하리보를 씹으며 말했다. 이번에는 개구리나 곰이 아니라 쥐였다. 하리보의 종류가 이토록 다양한지 엘을 만나고 알았다. 그리고 언제부터인가 엘의 옆에는 시그니처 마크처럼 파이프가 놓여 있다. 피울 때나 피우지 않을 때나 마찬가지다.

"만지지 마."

내가 파이프에 손을 대려 하면 귀신같이 알고 말한다. 쳇. 그럴수록 더 만져보고 싶다.

엘은 눈이 뒤에 달린 것 같다. 이 말은 잘 이해해야 한다. '뒤에도'가 아니라 '뒤에'다. 즉 저렇게 안 보여주려고 하는 건 귀신같이 잘 보지만, 봐야 하는 건 잘 못 본다. 이를테면 내가 뻔히 앞에서 꽃을 들고 기다리고 있는데 산책하는 남의 집 강아지를 발견하고 나를 지나쳐 졸졸 따라가거나, 사러 갔던 물건 대신 엉뚱한 것을 사 가지고 올 때가 다반사다.

"이게 뭐예요?"

"응? 밤이잖아."

아니 그러니까 밤을 왜 사냐고.

하지만 나는 더 묻지 않고 조용히 밤을 삶는다. 그러면 또 그녀는 삶은 밤을 다정하게 칼로 벗겨준다. 원래 해 먹기로 한 리코타 치즈 샌드위치 따위는 낼 수 없는 포근한 맛이다.

나는 엘을 만나 삶은 밤의 맛을 알게 됐다.

우리는 일주일에 한 번 정도 만나 섹스를 한다. 엘은 나의 몸을 좋아하고, 나는 엘의 체취와 소리를 좋아한다. 여기서 소리라는 건, 그러니까 목소리나 신음을 말하는 게 아니다. 어떤 미세한 음향 같은 것들, 숨어 있는 소음이라고 해도 좋을 것들. 입김이나 콧김, 눈썹을 찡긋 올릴 때의 공기 중에 퍼지는 주파수 같은 것. 물론 내가 돌고래는 아니기 때문에 정말로 정확히 느낀다고 볼 수는 없다. 그러나 반쯤은 그녀의 몸에 묻어 있고, 반쯤은 세상을 향해 확장되는 그 소리들이 좋다.

"나는, 나는 정말이지 섹스가 좋아요."

하지만 입에서는 이런 말이 불쑥 나온다.

"그래? 그럼 잘할 법도 한데."

이런. 엘도 만만치는 않다.

물론 보통의 연인처럼 서로 싫어하는 점도 있다. 하지만 그것에 대해서는 언급하지 않는다. 엘도 나도 서로의, 혹은 자신의 단점에 대해 잘 알고 있지만 무엇보다 사람은 잘 변하지 않는다는 걸 알기 때문이다. 싫은 점까지 껴안고 가자고 강요하기보다는 적당한 거리를 두고 지내자는 걸로 무언의 합의를 본 셈이다.

엘에게는 삼 년 동안 울고 있는 동거인이 있고, 내게는 하루가 멀다 하고 유턴을 하는 아버지가 있다. 견디기 어려운 것을 견뎌가며 사는 건 한 명으로 족하다.

우리는 주로 엘이 관리하는 에어비앤비에서 만난다. 손님이 없어 비어 있는 낮에 주로 도둑처럼 스며든다.

"꼭 도둑 같아요."

엘이 우리의 흔적을 지우기 위해 시트를 갈 때 이렇게 말했더니 엘은 감탄했다.

"이게 우리에게 어울리는 거 같아! 멋진 도둑들."

좋은 말이다. 어울린다는 말. 어디에나 어울린다. 이 노래와 지금의 분위기는 어울려. 너의 옷과 입술이 어울려. 으름장과 으르렁과 동굴은 어울려. 비린내와 레몬은 어울리지 않지만 그래서 어울려.

내 생각보다 엘의 말이 항상 더 빠르다. 그래서 나는 엘과 함께 있을 때는 더러 말을 놓치고 집에 돌아오는 길에 생각한다.

결국 내가 줍는 건 엘의 잔상이다. 혹은 우리의 잔상.

낮과 밤은 몰라도, 하리보의 종류는 다 알지 못해도, 엘의 다리를 바라보는 건 참 좋았다.

"누나에게는 절박미가 있어요."

"응? 절박미? 말랐다는 소리야?"

"너무 말라서 불쌍한 느낌이 좀 드는데 그게 묘하게 매력 있거든요."

엘이 갑자기 노려본다. 신체에 대한 언급은 애인 사이라도 이런 식으로 하면 안 되는 건가.

"누나라니. 징그러. 우리가 피가 섞였니, 살이 섞였니."

휴. 다행인지 불행인지 엘은 이렇게 포인트를 비껴 간다.

'살은 섞잖아요'라고 말하려다 참고 엘의 이름을 나지막이 불러본다. 떨리는 목소리의 교환은 섹스만큼이나 아름답다. 하지만 그래도 쩨려본다. 아니, 어쩌라고. 언제는 존댓말 때문에 한국어가 싫다며. 누구나 이름을 부르고 서로 반말을 써야 한다며. 그렇게 이랬다저랬다 할 때 발바닥에서 정수리까지 찌릿 열이 올라온다.

"이름도 싫고, 누나도 싫고, 그럼 뭐라고 불러요."

내 징징거림에 엘은 눈 하나 꿈쩍하지 않고 답한다.

"그냥. 부르지를 마."

아, 네.

"절박미? 그럼 네겐 착즙미가 있어."

이건 거의 악취미다. 그러더니 갑자기 다가와 내 목을 빨아댄다.

"아아. 왜 이래요."

내 목은 하리보가 아니에요.

"넌 내 젖 빨잖아. 그런데 나는 목젖 좀 빨면 안 돼?"

무서운 여자다.

하지만 이렇게 엉뚱하게 굴 때면 나는 더 흥분된다.

"잘 모르겠어. 미美라니. 사람에게 그런 게 있을까? 가끔 사람의 몸이 무섭고 이물스러워. 이렇게 발과 다리가 몸뚱이에서 찢어져서 나와 있잖아. 사지라는 거. 털도 없고 미끈미끈하지. 어쩐지 징그럽지 않아?"

엘이 동작을 크게 하며 설득을 시작했다. 이럴 때 말려들면 피곤해지니 하던 얘기로 돌아가는 편이 유리하다.

"낮과 밤이 있는 사람? 그건 지킬 앤드 하이드 아닌가?"

영화나 노래 제목으로도 많은 그 단어. 낮과 밤.

"응. 밤만 있는 사람들이 있고, 낮만 지닌 사람들이 있지. 나는 낮과 밤을 다 갖춘 사람이 좋아. 낮에는 낮의 언어를 쓰고, 밤에는 밤의 언어를 쓰고. 가끔은 낮에도 밤의 언어를 쓰지만, 그렇다고 밤에 낮의 언어를 쓰지는 않는, 그런 사람. 낮밖에 없는 사람이 제일 싫어. 낮낮낮낮한 사람들. 미끌미끌하지. 매끄럽지만 틈이 없어서 스며들 수가 없어. 언제나 말끔한 얼굴, 비밀이 없는 사람."

하리보가 입술에 붙어 있는 것도 모른 채 엘은 계속 떠든다. 나는 엘 입술에 묻은 쥐꼬리를 혀로 떼어준다.

"심심하고 배도 부른데 섹스나 할까요."

잼잼, 잼잼, 나는 다시 엘의 가슴을 조물락거려본다. 한 줌도 되지 않는 엘의 가슴을 만지고, 반 줌도 되지 않는 내 가슴을 내어준다.

"네가 올라와."

내가 제일 좋아하는 자세는 엘이 내 위로 올라오는 거다. 절박한 몸이 약간은 풍만해 보이기도 하고, 누운 채로 엘의 얼굴을 보는 게 좋다. 무엇보다 우리가 현재 섹시하다는 그 느낌이 좋다. 쾌감만큼이나 분위기도 중요하니까. 물론 내가 올라가는 것도 역시 좋다. 실은 그냥 나는 다 좋아한다. 섹스라면.

엘의 위에서 나는 밤의 사람이 되기 위해 최대한 잔망을 부려본다. 낮과 밤의 비밀. 낮과 밤이 다른 사람. 나는 나의 밤을 작업에 몰아넣고 일상에서는 낮을 살고 싶다. 욕심일까. 숨을 몰아쉰다. 찌푸리는 엘의 미간을 보는 것은 또 하나의 낙이다. 엘은 나를 왜 좋아하는 걸까. 아니 좋아하기는 하는 걸까. 그저 어린 남자라서 만나는 게 아닐까. 이런 생각이 들수록 내 동작은 세차진다.

"불공평해. 나만 너무 힘들어."

침대의 시간이 끝나고 투정을 부려본다.

"어머. 무슨 소리야, 얘가. 느끼는 게 얼마나 힘든데."

엘은 볼을 꼬집고 흔들어대며 귀엽다고 쪽쪽거린다. 그리고 입에 하리보를 넣어준다. 그러면 또 나는 순순히 받아먹는다.

이런, 개구리 아닌가. 휴. 징그럽다고.

"혹시 '밤의 사람들'이라는 그림 알아요?"

개구리를 녹여 삼키며 엘에게 말을 건다.

"응? 알 리가 없잖아."

"에드워드 호퍼라는 미국 화가의 그림인데요."

나는 핸드폰으로 호퍼의 '밤의 사람들'이라는 그림을 찾아 보여줬다.

"아, 알아. 이거 말고 이 사람 그림 중에 방에 혼자 앉아 있는 여자 그림 좋아해! 그것도 알아!"

엘은 아는 그림이 나오자 반가워했다.

"잘 봐요. 뭐 이상한 거 없어요?"

엘은 유심히 그림을 봤지만 잘 모르겠다고 했다.

"문이 없잖아요."

내 말에 엘의 눈이 휘둥그레졌다.

"사람들을 영원에 가둔 거야? 화가가 너무 독한 거 아니야?"

순간 엘의 해석이 더 멋지다는 생각을 했다.

"이 그림 보고 기자가 질문했대요. 작가님, 왜 문을 그리지 않은 거죠? 그랬더니 뭐라고 대답했게요?"

"뭐라 했는데?"

"shit."

"응?"

"뭐, 씨발, 정도? 까먹었던 거죠. 문 그리는 걸."

엘은 내 얘기에 깔깔대며 웃었다. 돈 없는 젊은 애인이 해줄 수 있는 건 섹스와 유머뿐이었다. 웃는 엘을 보는 건 또 하나의 기쁨이었다.

우리는 그럼 서로에게 밤인가. 그게 무엇이든 간에, 말 그대로 착즙해서라도 내 매력을 찾아주는, 그리고 가감 없이 표현해주는 엘이 좋다. 그것이 낮의 엘이든 밤의 엘이든. 별이 빛나는 엘이든 폭우의 엘이든. 엘의 피부와 향기, 신음이나 숨결, 목소리와 내 머리 위로 쏟아지는 머리카락과 숨결, 엘의 몸속의 물, 그것이 나오는 순간, 모든 것이 좋다. 그것을 좋아하는 걸 엘도 안다. 그리고 우리는 또 밤의 카니발을 지 낸다. 이십대의 끝, 나는 엘에게 내 육체를 헌신한다.

"씨발새끼. 존나 맛있네."

사랑을 나눌 때 툭 나온 엘의 거친 말에 놀랐지만 그만큼 크게 흥분됐다. 그런 식으로 우리는 서로에게 익숙해져간다. 조금은 거칠고 조금은 은밀하게. 밤의 사람들처럼 우리만의 공간에 갇혀 있다. 서로에게만 밤의 연인이 되기로 무언의 약속을 한다. 우리만의 카니발.

낮의 나는 귀엽고 밤의 나는 짐승이 된다.

그런 나를 엘은 사랑해준다.

엘의 사랑을 받기 위해서라면 나는 더더욱 밤의 요부가 될 수 있다.

"즐겁혀줄게. 이리 와봐."

엘이 또 자신만의 언어를 쓰며 나를 끌어당긴다.

입안의 개구리들이 녹는 시간이다.

위장술

세운상가에서 처음 얻었던 작업실은 3층의 진짜 상가였다. 상가 안의 상업 공간 말이다. 통로에 독립된 공간으로 지어진 네 평 남짓한 통유리 공간이었는데, 유행하는 멋진 통창이 아니라 뭔가 위태롭고, 부끄럽고, 남루한 그저 투명한 곳이라고 보면 된다.

처음 보러 갔을 때 그곳은 비어 있었고 'ㅇ아그라' '타ㅇ정' 글자만 너덜너덜하게 반쯤 붙어 있었다. 관리인과 부동산 아저씨는 우리와 관계없이 건물에 대한 감회에 젖어 있었다.

"여기가, 원래 첨에는, 이렇게 요상한 거 들어오기 전에는 계산기를 팔던 데야."

"아, 그랬던가? 아, 그렇네. 기억나네. 윤 씨, 왜 윤 씨 맞지? 풍 맞아서 관둔 냥반."

"응, 그래 윤 씨. 그때는 그래서, 애널리스트, 은행원, 증권 하던 사람들이랑, 거, 뭐지, 거…… 어, 딜러. 외환딜러들이 저녁이면 퇴근하고 많이들 왔어."

애널리스트? 풉. 아무튼 계산기를 사러 다니던 사람들이 있었다니 신기했다.

"왜, 그 매주 와서 새 계산기 사던 사람, 얼마 전에 테레비 보니께 감옥 갔더라구."

"그래? 어이구 눈썰미도 좋아. 그걸 알아봤어?"

"딱 알아봤지. 아주 엘리뜨여. 윤 씨가 그치 주려고 일부러 수입해서 연락해주고 했어. 왜 그치들은 계산기마다 두드리는 촉감이 다르다고, 나올 때마다 와서 보고 그랬잖여. 근데 어떻게 은행에 있다가 청와대까지 갔는지 몰러."

"그건 그렇고 그 계산기로 엄청히 해 먹었나 봐?"

"그건 모르지만 윤 씨한테 후했는데. 아주 사람이 단정했는데 말야."

"감옥 가는 것도 다 사주팔자에 있는가 벼. 큰 도둑이냐 작은 도둑이냐지."

그 후 오랫동안 성인용품숍이 입점했었다는 건 후에 알았다. 어쨌거나 비어 있던 건물이었고, 우리는 싸게 들어갈 수 있었다. 처음에는 삼면 유리가 부담스러워 포스터를 붙여서 사무실을 가렸지만 자꾸 떨어지기도 했고, 포스터라는 게 취향의 문제라서 며칠 지나면 지겨워졌다.

"여기서 전시 한번 하자."

태유가 말했다.

"전시? 여기서?"

"응. 우리를 전시하고 반응을 보는 거야. 남들은 우리가 전시되는 거라고 생각하겠지만, 실은 관객을 우리가 관찰하는 거지."

"자칫하면 '길버트와 조지' 짝퉁이 되지 않을까."

신체 전시는 이제 흔해져버렸다.

"완전히 다르게 해야지. 모던하게. 일단 의상을 블랙으로 통일하고, 시선이 중요해. 전시물은 원래 관람객을 바라보지 않거든. 전시물이라기보다는 일반적인 동물들도 그래. 감정이 있기 때문에. 그런데 우리는 반대로 하는 거야. 관람객의 눈을 바라보는 게 포인트?"

그러면서 태유는 브렛 베일리의 'B 전시'를 보여줬다. 전시장을 활용한 거대한 퍼포먼스. 아프리카 흑인들이 오브제가 되어 전시장 곳곳에 벌거벗거나 거의 벌거벗은 채로 서서 관람객과 눈을 정면으로 마주한다. 리플렛에는 이런 문구가 적혀 있었다.

'유럽제국주의의 역사에서 비서구인의 신체는 벗겨지고 전람되고 착취되고 농락당했다. 그 노골적인 관습이 사라진 것은 아주 최근의 일이다. 아니, 오늘날 그것이 진정으로 사라졌다고 할 수 있을까? 우리와는 별개의 일일까?'

얼마나 지속 가능할지 모르지만 시작해보기로 했다. 모든 게 태유의 추진력 덕분에 가능했다. 그 어떤 생각도 실제로 해보지 않으면 알 수 없다. 나는 돈을 쓰기 전에도 오래 생각하지만, 작업 방식도 그런 편이라 다작多作은 못한다. 반대로 태유는 에너지가 넘쳤다.

법적 문제를 피하기 위해 '당신은 찍히고 있습니다'라는 문구를 바깥에서 볼 수 있게 붙이고 프로젝트에 들어갔다. 작업실 가운데 공간에 매트리스를 깔고 아무 하는 일 없이 태유와 나는 누워 있었다. 물론 벗지는 않았다. 그런 식으로 눈길을 끌 마음은 없었다. 아무리 실험이라지만 동갑내기 남자와 나란히 붙어 있는 게 유쾌하지는 않았으니까. 참 이상한 게 처음에는 주변이 의식돼 그렇게 불편하더니 불과 사흘이 지나자 실험이라는 걸 잊고 가끔 코를 골기에 이르렀다. 물론 동물원만큼 관람객이 많은 건 아니었으므로, 실험을 빙자한 휴식에 불과했다. 뭐, 예술이란 게 그렇지. 겁쟁이들이 하는 거니까. 그래도 상가를 지나가는 사람들의 발걸음을 붙잡는 데는 성공했다.

"아니, 얘들이. 지금 뭐 하는 거야! 여기 터 귀신이 씌었나. 요상시럽게, 응?"

프로젝트는 경비 아저씨의 노발대발로 끝을 맺었는데, 제발 누가 멈추게 해줬으면 하던 찰나인지라 서운하지는 않았다. 그렇게 마치 예정해둔 것 같은 엔딩을 맺을 수 있었다. 관객들을 비춘 카메라를 고속으로 돌리고 우리가 누워 있는 장면과 그걸 바라보는 장면을 합성했다.

"일단 똥을 싸는 거지. 박수는 다음에."

찍어둔 파일에서 음소거를 하는 게 1단계였다. 그런 후 우리 둘의 행동을 볼 때 연상할 수 있는 것들을 또 다른 사람들로 하여금 말하게 했고, 또 그것을 말할 때마다 달라지는 목소리의 높낮이와 강세, 즉 헤르츠와 데시벨을 기록해서 그 그래프를 프린트했다. 그 좌표의 움직임을 날씨 그래프, 미세먼지 그래프와 나란히 붙였다.

목소리 작업은 묘했다. 말의 의미보다 소리의 떨림, 높낮이, 강세 같은 것들이 그 사람을 더 잘 보여주고 있었다. 말의 의미는 사실 소리를 가리고 있었다. 사람들은 울 것 같은 목소리로 괜찮다고 말하기도 하고, 한껏 들뜬 높은 데시벨로 우울을 감추기도 했다. 이 작업을 하는 한동안 나는 세상의 진리가 목소리에 들어 있다고 믿게 됐다. 피치를 올린다고 할 때 그 피치와 음성의 길이와 세기에 대해 이때만큼 천착한 적은 또 없을 것이다.

굉장히 즉흥적이었던 이 작업이 우리를 그해의 주목할

만한 신인으로 만들어준 작업이 되었다. 목소리 분석은 개인적으로 재미있었지만 대단치 않았던 퍼포먼스는 아저씨의 방해로 오래 가지 못했는데 그 이후 심혈을 기울인 그 어떤 프로젝트보다 높은 평가를 받았다. 그때 우리는 장난삼아 '매트리스 브라더스, 매트릭스 빅브라더스'라는 그룹명을 만들었는데, 영원히 도록에 기록될 줄은 몰랐다.

세상에 무심한 듯 굴지만 가장 주목받고 싶어하는 게 아티스트라는 걸 그때 또 한 번 깨달았다. 욕망이 없다면 아무도 이런 짓을 하지 않을 것이다. 그 욕망 안에는 '욕망 없고 싶다'는 욕망까지도 포함된다. 그래서 우리는 욕망을 욕망 없음으로, 흥건함을 건조함으로, 매끄러움에 대한 갈망을 거칢으로, 주목받고 싶다는 소망을 무심함으로 위장한다. 모든 작업은 위장술이다.

태유와 나는 그때 주목받은 이후 계속 방황하고 있다. 방황의 양태도 서로 매우 다르다. 퍼포먼스는 같이 했지만 우리의 작업 방향은 거의 정반대에 가깝다. 태유가 외부를 향해 끝없이 확장해나간다면 나는 내부에 갇힌 채 팽창해나간다. 그건 멀리서 볼 땐 비슷해 보일지도 모르지만 지향점이 다른 것이다.

'주목할 만한 신인상'에 선정돼 지원금을 받은 게 이 년 전이니, 충분히 아직 주목받고 있다고 생각해도 괜찮을 텐데,

그런 빛남은 다른 사람들의 일처럼 여겨진다. 통장의 돈이 사라졌기 때문일까? 그때 받은 지원금은 생활과 다음 작업이 빛의 속도로 잡아먹었다. 돈을 버는 일이 사람의 마음을 황폐하게 한다고 말하는 이들이 있다. 하지만 돈이 없어서 겪는 황폐함은 모르는 게 분명하다. 그래서 작업에 드는 돈 외에는 최대한 안 쓰려고 노력한다. 무엇보다 돈이 얼마나 허망하게 없어질 수 있는지 알기 때문이다.

핑크스핑크스가 태유 아버지라는 건 그때 프로젝트를 진행하다 알게 되었다. 꽤 친하다고 생각했지만, 그때까지는 그 부분에 대해 말한 적이 없기 때문이다. 하긴 친구 아버지 직업이라는 게 본인이 말하거나, 본의 아니게 노출되지 않는 이상 알기 어려운 것 아니겠는가. 이를테면 내가 다니는 학교 선생님의 아들이라거나, 집 앞에 자주 드나드는 구멍가게 딸 이런 게 아닌 이상 모두 임의로 '회사원'이라고 부른다.

그런데 태유 아버지의 회사가 바로 동물원이었던 거다.

"처음엔 우리를 못 오게 했어. 부끄럽다고. 동물원 우리에 누워 있는 스핑크스의 모습을 보여주고 싶지 않았던 거지. 2대 스핑크스로 취직을 한 건데, 집이 망해서 여인숙을 전전하던 때라 누구라도 잘 곳이 있어야 했어. 다행이었지. 난 정말 좁아터진 그 여인숙 방에서 아버지가 나가니까 너무 좋더라고. 숨이 좀 쉬어졌달까."

그런 상황에서 사진 전공을 한 것은 기적이라고밖에 할 수 없었다.

"그런데 한 달만, 일 년만 하던 게 어느덧 십팔 년이 된 거야. 점점 자리를 잡고 익숙해지고 인기를 얻게 되면서 그만두기가 어려웠던 거지. 엄마는 어떻게든 내가 하고 싶은 건 시켜줬어. 사실 내가 속인 거지. 아들이 대단한 걸 한다고 믿고 싶어하는 그 마음을 이용한 거 같아."

환상 동화를 읽는 기분이었다. 핑크스핑크스가 있다는 건 알았지만, 유니콘 같은 존재려니 지나쳤고 큰 관심을 기울인 적은 없다. 환상 동물은 어디나 있으니까.

"하지만 점점 말을 잃어가. 눈빛은 강해지고. 동물원은 핑크스핑크스를 얻었지만, 우리는 아버지를 잃었어. 하지만 우리 중 누구도 아버지에게 그 일을 그만두게 하지 않았지. 우리에서 먹이를 받아먹는 아버지를 볼 땐 마음이 짠해져."

작업실

작업실 창밖으로 반짝이는 서울의 빌딩들을 바라봤다. 내가 태어나 자란 내 고향 서울. 살았던 곳들이 이제 대부분 흔적 없이 사라졌다. 지분이 없으면서 떠나지 않겠다는 건 욕심이겠지.

익선동이 떠올랐다. 한옥이 아름답던 곳. 학교 선배가 한옥을 얻어 작업실로 개방한 덕에 많이 놀러 갔다. 자주 드나들다 보니 맘에 들어 한옥은 아니지만 근처 2층 빌라의 사무실 겸 원룸에 들어가 잘 지냈다. 익선동 골목길에 나란히 있던 화초들의 반짝거림이 참 좋았다.

그때는 거주민도 많았고, 작은 가게들도 남아 있었다. 고양이도 많아서 아침이면 왜옹왜옹 소리에 잠을 깨기도 했다. 나리와 같이 작업실을 썼기에 더 좋았겠지. 나이도 제법 많은 주제에 소년 소녀처럼 손을 잡고 걷던 골목들. 그때의 그녀를 떠올리면 자주 입던 살구색 바지가 생각난다. 어떤 기억은 그렇게 남는다. 아직도 그 옷을 입을까.

이렇게 말하니 내가 한량 같지만 싼 곳을 찾아 헤매는 촉이 발달한 것뿐이다. 그곳을 꾸민 것은 각자의 삶을 위해서였는데 사람들이 삽시간에 몰려들었다. 사람들이 모이면 나가야 한다. 세입자는 초식동물이다. 익선동은 이제는 발 디딜 틈 없는 핫플레이스가 됐다. 서울의 낮은 지붕들을 감상할 수 있던 옥상이 그립다. 이곳도 그렇게 될까. 욕심은 부자들의 것. 이곳은 새로운 부자들의 또 다른 재산이 될 것이다.

살아 있는 동안 다 누릴 수 없는 재산에 왜 그렇게 탐욕을 부릴까. 엘의 말대로 내가 돈이 너무 없어서 그 심리를 모르는 걸까. 나는 작업실과 작업을 할 수 있는 돈만 있으면 된다. 물론 그게 너무 어렵다. 수많은 작가가 작업할 비용을 버느라 작업을 하지 못하고, 집세를 버느라 집에 있지 못한다.

사실 난 또 막 가난해 죽겠다고 하긴 어렵다. 부자들에 비해 턱없이 가난하지만, 아버지의 알량한 재산이 나를 지켜주는 걸 부인할 수 없다. 슬프게도 작업의 스케일도 자본에 따라 달라진다. 물론 없는 자본으로 빛나는 작업을 하는 경우도 있지만 그걸 찾아내는 데 시간이 너무 많이 필요하다. 하고 싶은 걸 돈 때문에 못 할 때가 제일 뼈아프다. 미장센 포토 같은 것들. 완벽한 연출과 세팅이 필요한 것들. 그래서 내가 선택한 방식은 한 번에 한 가지씩. 오브제를 찍는다. 아무 느낌을 입히지 않은 건조한 사진 속에는 조명과 오브제 그리고 나만의 생각이 담겨 있다.

지원금을 받으면 수월해지지만 수상으로 받는 게 아닌 다음에야 지원금도 진짜 지원금은 아니다. 내야 할 서류와 사유와 영수증을 정리하다 보면 수치심이 쌓이기도 한다. 작업할 시간을 가질 수 없는 어마어마한 구조. 이럴 바에는 회사를 다니는 게 낫겠다 싶다가도, 재료비를 생각하면서 다시 문서창을 열게 된다. 지원서를 내고 나면 이미 작품을 한 것같이 기운이 쪽 빠진다. 에너제틱한 태유도 지원금 사냥에 빠져 작품이 뒷전이다. 그 단맛을 모르는 건 아니다. 태유 형편은 누구보다 잘 알고 있다.

모두가 하교한 텅 빈 교실 같은 사무실에서 혼자 작업을 한다. 화면에 가득한 엘의 입술을 바라본다. 낯설다. 엘의 입으로 수리부엉이와 곰, 낙타와 마늘이 빨려 들어간다. 더 이상 엘의 입술이 아닌, 우리 모두의 탐욕의 입술을 바라본다. 그 거대한 입에 빨려 들어가고 있는 수많은 것을 바라본다. 우정, 사랑, 헌신 같은 것들은 모두 거짓말처럼 예쁘고 맛있는 것들 속으로 숨어버린다. 그것은 또 다른 진리가 되어 다음을 기다리게 한다.

높고 낮은 서울의 건물들에 불빛이 들어올 때까지, 그러다 그 불빛이 다 꺼질 때까지 남아서 하는 이 작업은 짜릿하기 그지없다.

그나저나 어서 태유와 의논하고 작업실을 빼야 하는데, 녀석이 너무 바빠서 얼굴 볼 틈이 없다. 나를 스쳐 지나간 작업실들을 떠올려본다.

작업실 1: 홍대 1세대 성형미인

첫 작업실은 홍대 앞이었다. 핫피플이 모여들긴 했어도 아직 성형 전이랄까. 아버지의 DVD방 근처 건물 5층, 놀이터 근처에 있던 작업실은 시끄러운 주변 환경에도 불구하고 작업이 잘됐다. 형수 형과 함께 작업실을 관리하는 조건으로 반값에 사용했다. 그러다 형이 인디밴드로 활동을 시작하면서 지하 연습실을 얻어 나가며 내가 은지를 불러 같이 썼다. 그때 은지가 자꾸 남친을 데려오는 바람에 몇 번 싸운 일이 있었다.

"억울하면 너도 여친 데리고 와."

다행히 얼마 지나지 않아 남친과 헤어진 덕분에 우리는 잘 지냈다. 은지는 주로 야작을 했고, 나는 예나 지금이나 같은 시간에 성실히 출퇴근하는 편이라서 시간도 크게 겹치지 않았다. 1층 재즈 바에서 은지는 가끔 알바도 했다. 매일 한 건 아니고 알바생이 펑크를 내거나 손님이 많아 급하게 사람이 필요할 때 호출받아 가는 간헐적 알바였다.

우리가 작업실을 뺀 이유는 홍대 일대가 크게 부흥하며 전체 임대료가 높아졌기 때문이었다. 형수 형을 비롯한 뮤지션들도 그쪽에 많았는데, 다들 상수와 합정, 망원까지 흘러갔다. 지금은 홍제 홍은동까지 뻗어나갔다.

작업실 2: 상수역 주택 일명 노인의 집

지금은 유학을 간 선배가 얻은 주택의 방 한 칸을 작업실로 얻었었는데, 한 달 만에 나왔다. 선배는 진짜 예민한 개복치 같았다. 역시 사람은 겉만 봐서는 모른다는 걸 깨달았다. 그의 낮은 온화했지만 그의 밤은 고슴도치 같았다. 나는 구석방 한 칸에 밀어두고 자기가 거실과 다른 방을 다 차지했으면서 출퇴근 체크, 방 안 배치까지 간섭했다. 슬리퍼 소리 지적에는 학을 뗐다. 다원예술이라는 말이 싫다며 온갖 기관에 일일이 메일을 보내는 모습을 본 날 도망치듯 짐을 싸서 나왔다. 나도 '한 예민' 하는데 개복치에게는 당할 수가 없었다.

작업실 3: 익선동 모두의 화실

익선동 주택에서 나리와 나는 공동 작업실을 열었다. '열었다'라는 표현이 매우 잘 어울리는데 정말 많은 친구와 사람들이 드나들었기 때문이다. 주택인데 근생으로 등록이 되어 있어서 사업자등록증을 발급받아 일종의 취미 미술 지도를 했다. 그때 나는 나리와 약간 신혼의 기분에 젖는 동시에 못난 남편 역할도 떠안아야 했다. 취미로 미술을 배우러 오는 사람 중에는 종로 인근의 직장인 남자도 있었는데, 나리에게 호감을 세련되게 표현했기 때문이다. 선생님에게 보이는 호감이었는데, 나는 왠지 그 새끼가 싫었다. 돌이켜보면 번듯한 직장을 다니면서 그림까지 배우는 것에 부아가 치밀었던 거 같다. 이 영역은 내 거라고, 우리 거라고. 이런 이상한 마음이 왜 그렇게 증폭됐는지 모르겠다. 그 자식만 왔다 가면 나는 나리에게 빈정거리기 일쑤였고, 정말 못난이 역할을 충실히 했다. 하지만 그걸 제외하면 좋은 시간이었다. 다만 나는 이때 작업을 거의 하지 못했다. 돈을 버는 일과 가정생활 그리고 작업 세 가지를 한꺼번에 하는 건 거의 불가능하다는 걸 깨달았던 시절이다. 지금의 익선동은 핫플 중에 핫플이 되어 그때의 정취는 전혀 찾아볼 수가 없다. 그래서 더더욱 그 시절은 꿈 같고 전생 같다.

작업실 4: 알 수 없는 동네 우사단로

힘들게 이태원 소방서 언덕을 올라가고 또 올라가서 문을 열면 반쯤은 지하고 반쯤은 서울의 전망이 보이는 공간이

나온다. 그곳은 너무나 서울이지만 전혀 서울이 아니었다. 연예인에서부터 한국서 나고 자란 외국인, 그리고 정말 외국인, 그리고 나 같은 뜨내기 아티스트들로 늘상 북적였다. 그리고 아티스트보다 더 치열하게 커피를 볶고 음식을 만드는 사람들과 그것을 향유하러 오던 사람들이 한데 어우러진 공간이었다. 나는 그런 모습을 보는 것만으로 기운을 채워서 검은 작업실로 들어섰다. 형수 형도 그때 그 동네를 들락거리다가 한남 재개발구역을 알게 되어 자신의 성 같은 작업실을 얻게 되기도 했다. 이 동네의 추억은 지속되어야 하지만 이태원 참사로 인해 색깔이 바뀌었다. 내가 작업실을 빼고 벌어진 일이었고, 다행인지 뭔지 내가 아는 얼굴은 희생자 추모 영정 사진에 보이지 않았지만 그날 이후 한동안 이곳의 색깔은 작업실 안처럼 흑백이 되어버렸다.

그렇게 여러 곳을 거쳐 이곳에 왔다. 여기 와서 한 작업으로 상도 받았고, 서울 한복판이라 교통도 좋아서 오래 쓸 생각이었다. 청년 허브도 있고 지원은 늘어났지만, 작가들에게는 잿빛의 공간이 필요하다. 죽음이 자유고, 삶은 작은 환상에 불과하다는 걸 알려주는 그런 무덤 같은 공간.

이곳은 빛이 너무 들어와버렸다. 빛이 너무 들어오면 나는 짐을 싼다.

이제 어디로 가야 할까.

서울의 불빛을 찬찬히 살펴본다.

수영장

    쇠 냄새. 바퀴 구르는 소리. 그리고 전구와 조명등. 세운상가는 이 세 가지로 떠오른다. 쇠 냄새가 나면 작업실에 다 왔다는 거고, 건물로 들어서면 여기저기 텅텅 뭔가 싣고 굴러가는 소리가 들린다. 퇴근할 때면 어김없이 형형색색의 전구가 빛난다. 매일이 크리스마스다.

    특별한 일이 없으면 작업실이 있는 세운상가로 출근을 한다. 태유와 내가 처음 들어올 때만 해도 아저씨들이 우리를 의아하게 바라봤는데 지금은 도도의 말에 따르면 백여 명이 넘는 또래가 있다.

    서울의 도시재생 수순은 언제나 같다. 재개발이 발표되고 이랬다저랬다 하다 보면 땅값이 동결된다. 그러면 우리 같은 사람들이 모인다. 가진 건 감각뿐인 우리는 우리의 눈을 위해 공간을 꾸며나가고, 그로 인해 동네 분위기가 조금씩 바뀐다. 입소문을 타서 사람들이 한둘 몰려들면? 그렇다. 상업지구로 변모하고 당연히 세가 올라간다. 그러면 우리는 다른 곳으로 옮긴다. 옮기고 싶어서가 아니라 집세가 감당할 수 없을 만큼 오르고, 분위기도 엉망이 되기 때문이다. (이건 전부 내 기준이다.) 이 뫼비우스의 띠를 알면서도 도는 건 별다른 방도가 없기 때문이다. 그나마 떠돌이 작업자들은 괜찮다. 다른 오래된 세입자들은 생계가 걸린 문제라 훨씬 민감하다.

도도와의 정식 인터뷰는 '수영장'에서 했다. 수영장은 을지로에 있는 카페 이름이다. 예전에 알고 지냈던 실장님이 스튜디오를 접고 근처에 카페 수영장을 낸 걸 도도를 통해서 알았다.

"겸사겸사 아니겠냐. 인터뷰도 하고 수영장도 소개하고."

나만의 공간이 널리 알려지는 게 싫었지만 실장님에게 좋은 일인 건 분명했다.

몇몇 힙스터들 사이에서는 이미 유명세를 타고 있는 카페 수영장은 을지로 명소다. 특별한 인테리어가 눈에 띄었는데, 타일 바닥과 벽, 그 벽에 걸린 대형 사진 '수영하는 사람'과 천장의 거울이 주는 조화였다. 실제 수영장은 아니었지만 누가 수영복을 입고 다녀도 전혀 어색하지 않을 분위기였다. 그렇다고 유원지 분위기는 아니었다. 평생의 감각이 한데 모여 누구나 화보 속 주인공이 되는 그런 곳이었다.

조금 먼저 도착한 나는 물을 마시며 앉아 벽에 걸린 사진을 물끄러미 바라봤다. 누군가 처음 반한 사진이 무엇이냐고 묻는다면 주저 없이 안드레 케르테스의 저 사진을 꼽을 것이다. 물빛의 사진. 굴절된 몸.

지하의 스튜디오에서 일하던 억척 광부들은 이제 지상의 수영장에 앉아 있었다. 실장님이 서비스로 소다수를 주며 말을 걸었다. 형수 형이 만든 탄산수가 떠올랐다.

"카페가 훨씬 낫다. 스튜디오 세 내기도 벅찼는데, 여기는 알음알음 꽤 찾아와."

이런 말은 위안이 되는 동시에 불안감을 준다. 머지않은 우리의 미래이기 때문이다. 작업을 그만두고 싶지는 않다. 그런데 배고프게 살고 싶지도 않다. 서울에 살고 싶지만, 집값은 요원하다. 계속 작업을 하고 누군가는 생계를 책임져주면 좋겠다. 뭐든지 뒤죽박죽이다. 그냥 생각을 하지 말자. 나는 고개를 젓는다.

"저건 몽골에서 가져오신 거 맞죠? 많이 봤던 거네요."

촬영할 때 봤던 소품들이 반가웠다. 물건마다 사연이 있고, 그래서 함부로 버리지 못한다. 결국 우리의 감각 종착역은 카페인가. 너무 많은 카페들. 그래도 카페를 하게 된다면 다행이다. 서울 한 귀퉁이에서 세상을 향해 점프할 수 있는 자본을 갖게 되는 거니까.

"사실 말이야, 이런 거 둘 데가 없어서 시작한 거지. 아는 시인 녀석은 저 위에 북카페 차렸잖아. 책 둘 데가 없어서. 이 동네가 싸니까."

사람들은 단지 차와 술을 마시는 게 아니라 이들의 감각과 시간을 사는 것이다. 그걸 알았으면 좋겠다. 평생을 바쳐 쌓아온 것들.

"이혼하셨대."

스타일리스트로 함께 일하던 사모님과의 소식은 진즉 접했다. 수영장을 차리기 전인지 후인지는 알 수 없다. 아이는 없는 모양이었다. 수많은 이혼. 괜찮을 것 같지만, 아무도 그속은 모를 것이다. 사람이 사람과 만났다가 헤어지는 일. 그것의 힘과 반대의 상실감들. 그 얼룩들.

어쨌거나 우리는 지하에서 지상으로 올라왔다. 그것으로 만족해야 할까. 벽에 붙어 있는 수영하는 사람이 창으로 들어오는 햇빛을 한껏 받고 있다.

곧 도도와 태유가 함께 들어왔다. 도도는 실장님에게 드릴 선물도 들고 왔다.

"회사에서 드리라고 해서요. 양산인데 저희 창립 기념품이에요."

이쯤 되면 인턴이 아니라 사주의 혈연이라도 되지 싶다.

인터뷰는 거의 태유가 주도했다. 젠트리피케이션의 흐름, 도시개발과 재생의 차이, 그리고 현재 하고 있는 작업까지 일목요연했다. 언제부터 이렇게 말을 잘했지. 프레젠테이션을 잘하는 게 작가의 최고 덕목이라던데. 난 글러먹었다. 엘은 내 목소리와 단정한 말투를 사랑했지만 그건 밤의 영역인 것 같다. 낮에는 영 쓸모가 없다.

"1960년대 서울의 랜드마크로 출발한 진짜 서울이었지. 왜 을지로에서는 인공위성도 만든다고 하잖아. 너도 마찬가지지만 아마 미대생이면 누구나 이곳 빚을 졌을 거야. 첨에 서울 올라왔을 때 이런 신세계가 없었어. 무엇보다 벽과 벽이 닿아 있는 듯한 이 건물들이, 와 진짜 너무 멋있잖아."

구여친 나리도 을지로를 좋아했다. 서울에서 가장 좋은 곳을 꼽으라면 주저 없이 을지로라더니, 지금은 강남 주상복합아파트에 산다. 왜? 왜!

"처음엔 대표적인 전자제품 상가였잖아. 한참 전성기를 누리다가 강남이랑 용산전자상가가 생기고 침체됐지. 전부터 개발한다고 매번 발표했다 어그러지고 그랬거든. 그러면서 비어 있는 기간에 우리가 알음알음 모인 거. 이런 카페도 그렇게 생긴 거지 뭐. 근데 이런 얘기 너 다 알잖아. 작업 얘기나 하자."

침체 시기를 겪고 현재는 도시재생 프로젝트로 거듭나고

있다는 것이 요지였다. 고개를 주억거리며 열심히 녹음하고 또 메모하는 도도의 모습은 제법 기자 같았다.

인터뷰는 뻔했지만 나를 돌아보는 계기가 되긴 했다. 현재 하는 작업, 발표한 것들, 그리고 앞으로의 작업에 대해 조금 이야기하고, 을지로에 모여 있는 백여 명의 청년 아티스트를 대변해 이 공간에 대해 얘기했다. 하지만 언제부터인가 말은 다 어디서 이미 들은 것들의 조합 같았다.

"너희도 지원금 사업 좀 하고 있어? 이쪽에 청년지원사업이 많다던데."

"많은 정도가 아니라, 지원사업 없으면 안 돌아가지."

도도는 청년 예술가 지원사업에 대해 더 큰 관심을 가졌다. 해박하게 답하는 태유를 보며 나는 슬슬 자리에서 밀려났다.

나는 수영장 벽을 바라보며 다른 인터뷰를 상상했다.

암흑의 방. 블라인드가 걷히면 그 사이 햇빛과 물결이 스며든다. 천천히 빛을 바라보는 순간 투명해지는 관객들의 몸. 사람도 새도 공기도 아닌 무엇도 아닌 것이 되어 공중을 떠도는 느낌. 그것을 만들어낼 수 있다면 영국인이 아니라도, 영국에서 활동하지 않더라도 터너상을 받을 것 같다.

"누구나 한 번쯤 투명망토에 대한 상상을 하며 어린 시절을 보내잖아요. 저 역시 그랬죠. 보자기를 뒤집어쓰고 남들은 나를 못 볼 거라 생각하기도 했죠. 이 작품의 시작은 바로 어린 시절 지하창고예요. 시각으로 잡아낼 수 없는 것. 그러나 소리와 촉각으로 존재하는 것. 그것을 구현해내기 위해 을지로 상인들과 함께 머리를 맞댔죠. 네, 서울에 을지로라는 곳이 있어요. 조금 과장한다면 인공위성도 만들 수 있는 곳이죠. 어떻게든 연구해내니 전혀 틀린 말은 아닙니다. 진짜 기술자들입니다. 네, 가상현실이 아니에요. 실제로 투명해지는 거예요. 이건 저만의 작품이 아니라 서울 옛 도시 팀의 수상이라고 봐야 합니다. 터너가 이례적으로 서울의 구도심의 팀에 상을 준 것에 감사드립니다. 인터뷰를 하고 있는 이곳은 수영장이라는 곳입니다. 수영하지 않아도 물의 촉감을 느낄 수 있죠. 같은 원리예요. 물빛, 불빛은 오랫동안 예술가들에게 영감을 준 존재입니다. 무엇을 떠올리셔도 좋아요. 눈을 감고 물속에서 호흡하는 법을 느끼실 수 있습니다."

"넌 뭐 할 얘기 없냐?"

한참 상상에 빠졌을 때 도도가 현실로 소환했다.

이럴 때 나는 가끔 두 개의 세계를 사는 것 같다. 이곳에서 저곳으로 소환되고, 저곳에서 이곳을 산다. 암흑 속에서 갑자기 들이댄 불빛을 보기라도 한 듯 나는 멍하게 도도의 얼굴을 바라봤다. 이럴 땐 가만히 있어야 한다. 무슨 말을 해도 미친놈 소리를 듣기 마련이니까.

개인적인 거리

스모우크핫커피리필. 달이 뜨지 않고 니가 뜨는 밤. 3호선 버터플라이의 웅얼거리는 소리가 좋다. 알레프도 좋고, 김필선, 사비나 앤 드론즈도 좋아한다. 사비나 앤 드론즈는 본업이 간호사라고 한다. 부업이 뮤지션이라니. 아니, 실은 반대인가. 내가 돈만 많다면 스폰서를 하고 싶다. 진정한 후원자! 하지만 여기엔 몇 가지 전제가 필요하다.

1. 그녀가 자발적으로 간호사를 하고 있는지 아닌지 알아야 한다. 즉, 뮤지션만큼이나 간호사라는 직업을 사랑해서 한다면 후원자가 나타난다고 해서 일을 그만두지는 않을 테니까.
2. 설사 그녀가 오직 돈 때문에 일을 한다고 해도 후원자를 둘 마음이 있는지 역시 알아야 한다. 세상에 공짜가 없다는 것을

생각한다면 더욱 그렇다. 그러니까 그녀는 후원을 받을 마음이 전혀 없을 수 있다.

3. 자발적으로 간호사도 하는데 후원자도 두고 싶다면? 그렇다면 후원자의 꿈은 물거품이 된다. 내가 해주는 것이 그녀에게 절대적인 것이 아니라 그저 덧붙임이나 부록이 된다면 누구도 후원자가 되고 싶지 않을 것이다. 즉, 후원자는 절대적인 의존을 원한다. 좋은 의도이든 정반대의 의도이든 후원자의 본질은 그렇다.

4. 모든 것이 통과되어 내가 후원자가 될 수 있다고 해도 내게는 돈이 없다. 가만 보면 돈이 없는 사람들끼리 서로 도와주지 못해서 안달인 것이다.

폭염을 뚫고 동물원에 출근하면서 동물원이야말로 거대한 스폰서 구역이라는 생각을 했다. 먹이와 집을 제공하고 그 대가로 동물들은 사람들에게 볼거리를 제공한다. 그런데 조금 달리 보면, 애초에 동물원을 짓지 않았다면 동물들은 동물원에 머물 필요가 없고, 그러면 동물은 알아서 먹이를 구하고 잠자리를 찾으면 되니 스폰서가 필요 없다는 데 생각이 미친다. 이런.

여기서 중요한 건 내가 동물원에서 아르바이트를 시작했다는 거다. 숙제 청부업이 돈은 되지만 보람이 없다면, 동물원 아르바이트는 돈은 적지만 머리가 환기되고, 작업 아이디어가 '끊임없이 샘솟'는 것까지는 아니어도 조금은 생긴다. 하지만 더위는 너무 가혹했다. 동물과 사육사 그리고 나 같은 알바생 모두 다 같이 살아남기 위해 애쓰며 시간을 견뎠다.

호돌이 호식이는 여름내 축 처져 있었는데, 제빙기로 눈을 뿌려주면 그때는 잠깐 생기가 돌았다. 어슬렁거리며 눈을 맞는 두 마리의 호랑이를 보면서 함께 살아남는 기쁨을 느낄 수 있었다.

사육사에게 동물은 두 종류로 나뉜다고 들었다.

"바다코끼리들은 떼로 겹쳐서 자고, 생활하죠. 완벽하게 접촉성 생물이고, 반대로 백조 같은 녀석들은 절대로 서로의 개인적인 거리를 침범하지 않아요. 비접촉성 종들은 서로의 몸이 닿는 걸 거의 허락하지 않죠."

그렇다면 나는 접촉성일까 비접촉성일까. 인간만이 접촉과 비접촉을 오가는 동물인가.

그러던 중 티오가 죽었다. 동물원 입구에 우리가 위치해 있어서 늘 가장 먼저 만났던 오랑우탄. 우리 안에 가만히 있는 이 녀석들은 언제나 집단적으로 우울했는데 장난을 걸어보려 해도 반응이 전혀 없어서 위치를 안쪽으로 바꿔야 하나 논의도 많았다. 티오는 그중에서도 우울감이 유독 심했다. 그 녀석이 눈을 가리면서까지 관람객 시선을 피할 때는 동물이 아니라 사람처럼 느껴져 징그럽기도 했다. 핑크스핑크스보다 훨씬 인간적인 게 아닐까 싶었다.

"아무래도 자살 같아. 고개를 땅에 파묻고 있더라고."

땅에 얼굴을 처박고 있는 티오를 상상하고 싶지 않다. 나도 기운이 쪽 빠졌다. 게다가 육체노동이라는 게 그렇게 호락호락하지 않아 퇴근하면 녹초가 됐다. 물론 핑크스핑크스 우리를 지날 때면 다시 마음이 겸허해졌다. 핑크스핑크스가 사람이라는 것, 태유 아버지라는 사실을 종종 잊는 자신을 발견하며 개인적 거리에 대해 생각했다.

오랑우탄의 죽음에 비통했던 동물원 인력들은 동물들을 살아남게 하기 위한 모든 일에 자발적으로 총력을 기울였다. 가장 반복적으로 많이 했던 일은 곰의 장난감 제작이었다. 동물원에서 일하기 전까지는 동물을 위한 시스템이 보란 듯이 있을 줄 알았다. 하지만 세상의 모든 일이 그렇듯 그냥 나 같은 사람들이 사오 년 혹은 길어봐야 십 년 공부해 일을 시작하는 것뿐이었다. 사육사와 연구사들은 지식이 많지만 그걸 행하는 데는 자본이 필요했으므로 자괴감만 깊어졌다. '곰의 장난감'이라고 하면 최소한 언어 향이 나는 딱딱한 스펀지쯤이라도 있을 것 같지 않은가? 하지만 그런 건 반려견과 반려묘에게나 주어진 특혜였다. 고작 종이 박스를 모아서 테이핑하는 게 내 일이었다.

"곰은 다른 동물에 비해 얼굴 근육이 발달하지 않았어요. 그래서 감정을 알기가 어렵죠."

이런 곰 같은.

그러니까 베테랑 사육사조차도 곰의 기분을 그때그때 알기 어렵다는 것이다. 단지 얼굴 근육 때문에. 그것과 장난감을 만드는 일은 큰 관계가 없어 보였지만, 의외로 관계가 깊을 수도 있다고 생각했다. 뭔가 선물을 해주면 기분이 좋아질 테고, 덜 심심할 것이다. 하지만 이런 이론과 별개로 우리가 만드는 건 역시 고작 박스, 박스, 박스였다. 각종 박스를 만들면 사육사는 그걸 가져다 곰이 지나는 곳에 먹이를 넣어 숨겨둔다. 곰은 그걸 찾아다니며 어느 하루를 보낸다. 어떤 박스에는 먹이가 없다. 그럼 박스를 찢거나 버리기도 한다. 그렇게 감정을 표현하는 것이 중요하다.

열심히 박스를 포장하며 이런 생각을 했다.

'나도 요람에 누워 모빌을 보며 웃던 때가 있었겠지.'

어린 시절 죽지 않고 이렇게 자라 어른이 된 걸 보면, 끔찍한 보살핌을 받았음이 분명하다. 충분하다.

내게는 카메라라는 장난감이 있다. 뷰파인더로 보는 세상이 좋다. 뷰파인더로 어떤 대상을 바라보면 오히려 대상은 사라지고 내 숨소리만이 들린다. 카메라는 굉장한 무기다. 찰칵. 상대방에게 겁을 주기에 충분하다. 찰칵. 그러므로 찍는 것은 신중해야 한다. 그냥 세상보다 뷰파인더로 보는 세상이 좋다. 세상과 나, 사물과 나, 타인과 나, 그 사이에 있는 거리감이 좋다.

카메라를 알기 전의 나와 알고 난 후의 나는 다르다. 침대에 누운 채 공기가 되어 떠다니는, 그때의 그 기분을 가장 가깝게 옮기는 것. 세상을 향해 마음껏 질문을 던지는 일. 타인을 내게 끌어당기는 힘. 미는 힘과 당기는 힘이 자력처럼 중간에 존재하는 일.

카메라로 할 수 있는 것들 : 질문, 살인, 강간, 협박, 칭찬, 사랑, 분노, 대화
카메라로 할 수 없는 것들 : 질문, 살인, 강간, 협박, 칭찬, 사랑, 분노, 대화

내게도 스폰서가 있다. 이 동물원이나 숙제 청부업도 일종의 스폰서고, 곁을 떠났지만 삶의 근간에는 부모라는 존재가 있다. 오랫동안 나를 보살펴준 복순 씨도 그렇고, 엘도 마찬가지다. 그렇기 때문에 나도 그들에게 그만큼의 무언가를 하고 있다(고 생각한다).

엘에게도 후원자가 있을까? 문득 궁금했다. 엘이 관리하는 에어비앤비의 주인이 어쩌면 후원자일 수도 있다. 다리를

잘 못 쓴다는 여사님. 엘이 혼자 처음 서울에 올라왔을 때 학비 일부를 보조받고, 그 집에 머무는 대가로 여사님을 보살폈다는 얘기를 들었다.

"어렵지 않았어. 그냥 화장실 가실 때 부축해드리는 정도. 학교를 다니던 시간을 제외하고는 집에 항상 머물러야 하는 게 가장 큰일이었지."

역시 스폰서도 진짜 그냥 스폰서는 아니다. 서로에 대한 저축이고 투자인 것이다. 그리고 여기에도 개인적인 거리는 필요하다.

예쁘거나 맛있거나

"기사 나왔겠네. 맛있는 건 많이 먹고?"

인터뷰가 고맙다고 도도는 또 한 번 밥을 샀다. 나는 무엇보다 먹는 데 약하다. 도도가 들고 나온 법인카드는 마법의 카드 같았다.

"휴. 맛있는 건 많이 먹었죠. 그런데 그게 다 공짜가 아니었어요."

황홀에 빠진 돼지, 이 청년들의 요리법

'마르스 소스를 곁들인 햇빛 속의 바다연어' '황홀에 빠진 돼지'. 이런 요리 이름을 들어본 적 있는가. 백 년 전 이탈리아의 도시 토리노에는 '성스러운 미각을 추구하는 음식점'이 있었다.

이곳에서는 촉각 디너파티가 열리곤 했는데 코르크, 사포, 털, 금속 조각, 비단, 벨벳 등의 소재가 붙은 옷을 입고 깜깜한 공간에 들어가 손으로 더듬어 서로의 짝을 찾았다고 한다. 짝을 찾으면 비로소 불 켜진 방의 좌석을 안내받는데, 식탁에 앉아 오른손으로는 올리브, 회향, 금귤을 먹는 동안 왼손은 상대 옷에 붙은 사포를 문지르는 식이었다고. 서로를 위한 오감 파티 같은 것 말이다. 속이는 것이지만 속이는 게 아니고, 숨기지만 숨기지 않는 맛의 향연.

이런 멋과 맛을 위해 오늘도 분주히 뛰는 두 청년 아티스트가 있다. 이름하여 '매트리스 브라더스, 매트릭스 빅브라더스'.

이렇게 멋 부려서 서두를 쓰고, 뒤에는 쓰리잡, 포잡 뛰는 불쌍한 젊은이로 잔뜩 묘사했다. 나와 태유는 졸지에 방황하는 늦깎이 청춘으로 둔갑해 있었다. 한마디로 돈도 없는 주제에 겉멋 든, 철없는 청년들이라는 소리다. 물론 자격지심이고, 다시 찬찬히 읽으면 전혀 다르게 읽힐 수도 있다.

나는 그저 똑같은 라면을 좀 더 황홀하게 먹고 싶은 욕심을 부리고 있는 걸까. 초콜릿무스의 부드러움이나 소고기의 녹는 맛. 같은 고기와 같은 초콜릿이라도 만족이 되지 않는 욕심쟁이들의 잔치. 엣지에 중독된 인간이나, 황홀에 중독된 돼지의 하루. 사랑이나 예술은 연어나 돼지를 저렇게 둔갑시

키는 걸까. 내가 하는 작업이나, 엘과의 만남이나 다 이런 것인가.

도도가 사준 중국식 훠궈는 뜨겁고 황홀해서, 폭염이 입 안에서도 지속되는 것만 같았다. 그럴 때면 나는 카페 수영장에 들러 청량함으로 속을 달랬다. 그러다가도 안티구아만 생각하면 다시 속이 탔다.

나는 음식점을 차리는 데도 자격시험을 치러야 한다고 생각하는 사람 중 하나다. 인생을 걸 만한 굉장한 각오가 아니고는 선택하기 어려운 일이다. 부지런해야 하고 서비스 정신도 있어야 하고 좋은 자리를 구하기도 어렵지만, 무엇보다 맛이 가장 중요하다.

아버지 덕분에 한 번도 가보지 못한 나라의 음식을 많이도 먹어봤다. 라오스, 멕시코, 베트남, 체코, 그리고 튀니지. 이 중에서 빛의 속도로 망한 건 라오스 음식이었다. 시장조사를 한다고 많이도 다녔는데, 현지 맛을 재현하는 것과 한국인 입맛에 맞추는 것 사이의 선택지에서 아버지는 실패했던 것 같다. 아버지의 문제는 맛보다 비주얼에 더 신경을 썼다는 데 있다. 아무도 모르는 라오스만의 스타일이라니.

작업도 요리와 비슷하다. 보기 싫은 것들, 아름답지 않은 것들은 나를 고통스럽게 한다. 계속 눈을 감고 살 수 없다. 물론 더 고통스러운 건 귀의 감각이다. 귀는 닫을 수 없다. 맛이전에 예뻐야 한다. 그걸 모르는 건 아니다. 하루를 엣지 있게 살면 열흘, 아니 한 달 동안 비굴해야 하는 삶의 논리를 몰라서인지, 알면서도 기억력이 나빠서인지는 모르지만 나도 뭐라 할 처지는 못 된다. 같이 출발했지만 일찌감치 발을 빼고 공무원이 된 은지를 보면 알 수 있다.

나 또한 엣지 있는 삶을 원하는 걸까. 단호하게는 몰라도 조심스럽게는 아니라고 말해볼 수 있다. 내게 작업은 엣지의 문제가 아니라 생존의 문제다. 돈을 벌어 음식을 먹고 잠자리를 구하는 그런 생존 말고, 숨 쉬는 생존. 나를 살리려고 하는 순수한 이기심의 발로다. 현실이 아닌, 만들어진 영상에 기대는 삶이라 해도 할 수 없다.

하루에 한 번은 보는, 어떨 때는 더 여러 번도 만지작거리는 내게 있는 한 장의 낡은 사진. 진짜인지 가짜인지 알 수 없는 그 순간의 모든 미세한 떨림을 간직하고 싶다. 정확히 말하면 떨림 그 자체가 아니라 떨림을 느끼는 나 자신. 그때의 진공상태 그 느낌. 그러니까 그 자체보다 그것을 볼 때의 나의 기분. 그걸 최대한 가깝게 표현하고 싶은지도 모르겠다. 공중의 떨림들.

예쁘다. 혹은 맛있다. 엘과 내가 침대에 누워 가장 많이 하는 말이다. 우리는 서로에게 맛있고 예쁘다. 가짜 집인 에어비앤비는 언제나 예쁘다. 일상의 냄새가 없는 곳. 우리는 그곳에 함께 누워 핸드폰으로 예쁜 걸 보고, 맛집을 수집한다. 엘은 가끔 영국 숙녀가 입었을 법한 옷을 가져와 입힌다.

서츠나 카디건, 모자, 어떨 땐 망토나 헌팅캡도 있다.

"정말 예쁘네요."

"예쁘지. 이건 선물."

하늘하늘한 재질의 꽃무늬 카디건을 입혀준다.

"예쁘긴 한데 여자 옷 아닌가."

그렇게 말하면서도 권하는 대로 순순히 입으며 말한다.

"여자였다며?"

"그건 그래요."

나는 기분 좋게 여자가 된다.

"선물은 원래 주는 사람 마음이야. 그 맛에 하는 거라고."

무엇이든 상관없다.

엘은 맛있고 나는 예쁘다.

갖지 못한 예쁨과 취하지 못한 맛으로 세상은 가득하다.

오늘은 왼지 쓰기 실타

어떤 사람의 빈자리는 혹독하다. 아버지 연락이 뜸해 걱정중이긴 하지만, 잘 지낼 거라는 막연한 믿음이 있다. 게다가 늘 바깥으로 떠돌던 사람이기 때문에 부재감이 그렇게 크지도 않다. 도리어 전화로 목소리를 들을 때 더 큰 부재감을 느낀다. 하지만 복순 씨는 다르다. 아직도 집에 들어갈 때면 할머니가 우렁우렁한 목소리로 나를 불러댈 것 같다. 그리고 이거 한입 먹어봐, 하며 입에 뭔가 넣어줄 것 같다. 된장찌개나 호박죽, 닭볶음탕이나 녹두전으로 남는 기억들은 더 그렇다.

할머니를 업고 처음 병원에 갈 때만 해도 그것이 마지막이 될 줄은 상상조차 하지 못했다.

"안 하던 짓을 하면 꼭 탈이 나는 벱인가 벼."

아는 할머니를 따라 폐지를 줍겠다고 나선 지 사흘째 되는 날이었다. 복순 씨의 이런 청승이 아버지를 집에서 더 멀어지게 했을지도 모른다. 주목받는 작가면 뭐 하고, 유명한 전직 가수면 뭐 하는가.

어머니는 폐지를 줍는데.

할머니는 폐지를 줍는데.

기분이 엉망이 되었지만, 계속해서 등에 업혀 종이 줍기에 대해 끝없이 변명을 하는 게 안쓰러워 그냥 궁둥이를 토닥여주었다.

"복순 씨? 괜찮아. 괜찮아."

복순 씨가 그렇게 가벼울 줄은 몰랐다. 무엇보다 툭 튀어나온 엉덩이뼈의 감촉에 가슴이 저려왔다.

6인실은 복잡했다. 5인실이나 4인실로 옮기고 싶어도 자리가 없었다. 함께 입원한 할머니들 이름은 대체로 복순 씨를 능가했다. 임장남. 박육녀. 한상찬. 구영자. 홍복녀. 그리고 우리 복순 씨. 그 시절 여자들의 이름은 왜 한결같이 이럴까. 부모가 첫 번째로 주는 선물이 이름인데. 나는 인생을 축제처럼 살라고, 휴일이라고 붙였다고 했다. 그래서 반백수로사는 건지도 모르겠다. 인생의 반전은 이런 데 있다.

복순 씨는 그 와중에도 병원 밥이 맛이 없다고 불평을 해대서 열심히 집에서 반찬을 날라야 했지만, 이해했다. 그렇겠지. 우리는 미식 집안이니까. 무엇보다 고추장 타령을 했다.

할머니는 평생 고추장은 사 먹은 일이 없었으니 당연히 그럴 수밖에 없었다. 그렇지만 복순 씨가 담근 그 고추장이 마지막이 될 줄은 몰랐다. 노트를 다 뒤져봐도 고추장 레시피는 남아 있지 않다. 하긴 그런 건 기록할 필요가 없었을 거다. 자신의 몸에 밴 건 재산으로 생각하지 않는다.

복순 씨는 병원에서 생애 가장 행복했던 일주일을 보내고, 또 가장 고통스러운 일주일을 더 보내고 떠났다. 너무 삽시간에 벌어진 일이라 나는 도무지 할머니의 죽음을 믿을 수가 없었다.

"폐렴은 노인에게 특히 위험합니다. 저희로서는 더 손쓸수가 없었어요. 죄송합니다."

고관절로 입원했지만 직접적인 사인은 폐렴이었다. 다른 병원으로 갔다면, 다른 병실에 입원했다면, 복순 씨가 죽지 않았을까. 죽은 자는 살아남은 이들을 죄책감에 빠뜨린다.

아버지는 달려와서 오래 울었다. 황 실장이 아버지의 곁을 지켰다. 내 옆에는 형수 형이 사흘 밤낮 있었다. 약자들의 의리는 생각보다 끈끈하다. 은지와 태유도 이틀 내내 와주었다. 짧은 여행을 떠났던 도도는 발인 때 황급히 와서 장지까지 함께 가주었다. 조모상에 와주는 건 흔한 일은 아닌데. 모두 고마운 친구들이다. 나와 할머니의 각별함을 알아서 더 마음을 써준 것이다.

나리도 매일 들러주었다. 그러나 그때부터 조금 낌새가 이상했다. 나와 함께 있는데 항상 핸드폰을 보는 그 모습. 그것이 징조라는 것을 알아야 했는데, 나는 눈치채지 못했다. 그때 미처 몰랐던 것이 많다. 은지가 공무원이 될 줄, 도도가 기자가 될 줄, 태유가 저렇게 상인회 일에 열심일 줄 몰랐다. 아버지가 안티구아라는 곳에 갈 줄도. 형수 형의 칩거가 저렇게 길어질 줄도, 유기견을 두 마리나 입양할 줄도. 아무것도 몰랐다.

나는 지금도 은지의 흔들리는 사진들이 보고 싶다. 안개 시리즈. 잘 지내고 있을까. 회사를 다니면서도 독하게 맘먹으면 작업을 할 수도 있다. 하지만 은지의 목소리가 맘에 걸린다. 물론 당장은 내가 더 걱정됐다. 그놈의 주목은 사람을 이러지도 저러지도 못하게 한다.

복순 씨 노트 마지막 장에는 이렇게 쓰여 있었다.

오늘은 왠지 쓰기 실타

'왠지 쓰기 실어지면', 만사가 귀찮아지면, 살기 싫어지는 걸까.

그래서 나리도 작업을 그만둔 걸까. 애를 키우고 남편과 사는 일이 '왠지 실어지면' 어쩌려고 그러지. 말도 안 되는 걱

138

정은 그만하자. 떠나간 애인 걱정은 연예인 걱정만큼이나 쓸데없는 짓이다.

나는 복순 씨가 그리울 때도, 첫사랑이 떠오를 때도, 옛 애인이 보고 싶을 때도 엘의 품을 파고들었다. 아직 하지 않은 작업들이 머릿속에 가득할 때 부자가 된 기분이듯, 엘을 안고 있을 때도 그런 기분이 들었다.

엘을 부둥켜안는 것은 엘 입장에서는 어떨지 모르지만 내 입장에서는 섹슈얼한 게 아닐 때가 많다. 어쩌면 엘이 아니라 체온을 가진 어떤 존재를 안는 것이 필요해서일 때도 있다. 티를 내지 않으려고 하지만 엘은 알고 있을 수도 있다. 알아야 하는 건 모르지만, 몰랐으면 하는 건 기필코 알아내고야 마는 여자니까.

"쏘올 맛이 났어."

내 귀로 이런 말이 들린다.

"응?"

"처음 너랑 키스했을 때. 네 입에서 쏠 맛이 났다고."

쏠?

"응. 도레미파솔 할 때 그 쏠."

엘의 비유는 항상 상상을 뛰어넘지만, 듣자마자 이 이상 정확할 수 없다는 생각이 든다. 엘의 입에서 나오는 '쏠 맛', 그 금속성의 비릿한, 혹은 상큼하고 청량한 맛은 안 먹어봐도 알 것 같다.

나는 상남자가 아니라 쏠남자다.

클리셰

"여행을 떠나면 울고 싶어지는 거야."

아버지는 수화기 저편에서 모르는 세계의 바람이 묻은 목소리로 안부를 전해왔다. 아버지도 울기 시작하려나. 계속 울고 있다는 엘의 동거인이 또 생각났다.

"이곳은 정말 천국이다. 비좁은 한국에서 안달할 필요가 없는 거였어."

아버지의 전화는 잊을 만하면 부재를 알리는 알람 같았다. 허세 섞인 아버지와의 통화를 끝낼 때면 잊고 있던 외로움이 엄습했다. 적당한 외로움은 자산이었지만, 지나친 외로움은 나를 갉아먹었다. 그렇게까지 되면 세상에 질문을 던지는 일은 불가능해진다.

공포는 사람을 힘 빠지게 한다. 작업은 어쩌면 끊임없는 질문들이다. 그리고 질문이라는 건 사소한 낙관성이 있어야 가능하다. 완벽하게 절망한 것에 대해서는 아무도 아무것도 묻지 않으니까.

그럴 때면 나는 복순 씨의 노트를 펼쳤다. 복순 씨는 일평생 뉴스 애청자였는데, 스프링노트를 밥상에 펼치고 받아 적는 일을 반복적으로 했다. 할머니는 내가 뉴스 앵커나 기자가 되길 바랐다. 뭔가 반듯한 모습으로 TV에 나오는 것을 꿈꿨던 것 같다. 필기는 진지했다. 복순 씨에게 뉴스는 학교였고, 세상이었다.

"나라에서 말하는 중한 것인디, 잘 기록을 혀둬야지."

노트를 넘길 때 보이는 틀린 맞춤법이나 잘못된 띄어쓰기, 가끔 흘린 반찬 국물, 이런 것들이 이제는 너무나 소중하다. 어떨 때는 뉴스에 자신의 의견을 빨간 볼펜으로 적어두기도 했는데, '쌍년' 같은 글자를 정성스러운 궁서체로 쓴 대목에서는 웃음이 터졌다.

우라질놈년

게임에 빠져 자신의 아이를 돌보지 않아 죽음에 빠뜨린 젊은 부부의 기사 아래 있던 멘트였다.

복순 씨는 입이 마르도록 엄마를 욕했지만, 그 덕에 나는 많은 정보를 얻었다. 이를테면 엄마가 아버지의 팬이었다는 것, 그래서 함께 일도 했다는 것. 결혼 후 나를 낳고서는 동네 사탕 공장에 출근을 잠시 했지만, 아버지의 존재를 사람들이 알게 되자 그만뒀다는 것. 며칠씩 나를 복순 씨에게 맡겨두고 가출(?)을 한 일도 있다는 사실, 그리고 얼마 전까지는 서울 근교에서 꽃집을 하고 있었다는 것까지. 근사했다. 엄마가 플로리스트라니.

그렇지만 지금은 어떤 다른 모습으로 어디 있는지 알 수 없다. 할머니가 세상을 뜨고 나자 엄마 소식통도 사라졌다. 미움도 굉장한 관심을 필요로 한다는 것을 할머니를 통해 배웠다. 무플보다 악플이 낫다는 게 이런 거겠지. 물론 나는 악플보다는 무플이 낫다고 생각하는 쪽이다.

나는 공기가 된 것처럼 방에 누워 몇 가지 상상을 한다.

시나리오 1

긴 검은 머리의 여인이 검정 블라우스에 검정 치마를 입고 호텔 로비에 기다리고 있다. 연배가 제법 있어 보인다. 이때 한 젊은 남성이 그녀 곁으로 다가간다.

저 혹시.

남자를 보는 여자의 동공이 휘둥그레 커진다.

휴, 휴일이?

남자는 말없이 의자에 앉는다. 둘은 물끄러미 바라본다. 긴 검은 머리 여인은 갑자기 울기 시작한다. 혼자 조금 울게 둔 후, 남자가 일어나 다가가 그녀를 안아준다.

괜찮아요. 엄마.

엄마의 얼굴이 그 순간 곰으로 변한다. 청년 비명 지르고, 페이드아웃.

시나리오 2

갤러리 전시 오프닝. 오프닝이긴 하지만 미술관 측에서 기본으로 제공하는 다과, 인원수에 맞춘 샴페인 정도만이 간소하게 차려져 있다. 청년 태유와 휴일은 인파에 둘러싸여 자신들의 작업에 대해 설명하고 있다. 이때 전시장 바깥으로 밴이 한 대 오더니 전시회장 문이 열리고, 셰프들이 나타나 한쪽에 세팅을 하더니 케이터링을 시작한다. 꽃과 요리가 풍성하다. 연어와 케이프, 랍스터, 초밥, 오믈렛은 기본이고 깐풍기와 송로버섯, 각종 고기 요리. 사람들은 전시보다 그쪽으로 관심이 쏠린다. 곧 오십대의 세련된 복장의 여자가 유리문을 열고 걸어들어온다. 하이힐이 위태로워 보이지만 안정적인 걸음새다. 그리고 관중을 향해 말한다. 여러분, 오늘 전시 즐겁게 감상해주시기 바랍니다. 그리고 청년을 향해 다가온다. 청년은 그녀가 자신의 엄마임을 직감한다.

시나리오 3

낡은 옷을 입고 비 오는 날 거리를 헤매는 한 여인. 우산이 있지만 펴지 않는다. 자세히 보면 우산 대만 살아 있는 찢어진 비닐우산이다. 폭우도 아닌데 오래 맞아서인지 몸이 흠뻑 젖었다. 손에는 화분도 하나 들고 있다. 한쪽은 장화를 신었으나 다른 한쪽은 슬리퍼로 정신상태가 온전치 않은 것을 보여준다. 그녀는 뭐라고 쉬지 않고 웅얼거리는데 눈빛은 공허하다. 잃어버린 아이를 찾는 것도 같다.

휴. 마지막은 너무 심하군. 역시 시간이 많으면 사람이 이상해진다. 내가 소설가나 방송작가가 아닌 게 다행이다.

다른 시나리오도 있다. 빚 독촉에 시달리는 멍든 얼굴의 엄마와 내가 만나는 모습이나, 다른 가족과 나들이를 나왔다가 서로 스쳐 지나가지만 알아보지 못한다는 슬픈 설정.

엄마를 상상할 때면 온갖 클리셰가 나를 에워싼다. 어쩔 수 없다. 아는 만큼 상상하게 되니까.

보통의, 그러니까 평범한 엄마와 아들 관계는 어떤 걸까.

아무리 상상해보려 애써도 도무지 알 수가 없다.

모든 상상하는 새로움은 전혀 새롭지 않다.

주의자주의자

비 오는 아침 동물원 출근길에 안 좋은 소식이 쏟아졌다. 먼저 은지에게 전화가 왔다.

"사람 죽은 거 첨 봤어."

시설 관리팀에서 점검을 나갔다가 사고사당한 분을 봤다고 했다.

"우리 팀이 늘 처리해야 한대."

은지는 '처리'라는 표현을 썼다. 복병은 곳곳에 있는 거였다. 은지의 전화를 필두로 강한 불안감이 싹텄다.

불안은 괜히 오는 게 아니다. 동물원에서 일하며 직감이라는 걸 알게 됐다. 동물들은 날씨 변화를 사람보다 훨씬 먼저 알아챈다. 습하거나 건조하거나, 비가 오거나 폭염이 쏟아질 거라는 걸 미리 알아채고 부지런히 대비한다. 나는 그 정도는 아니지만, 그래도 다른 사람들보다 직감이 발달한 편이다. 엘의 말마따나 나는 짐승 같은 남자니까. 쿵쿵. 아니나 다를까, 곧 숙제 청부업에서 잘렸다. 이유는 아이의 유학. 아니 무슨 초딩이 벌써부터 유학이야.

"언제 한번 밥이라도 먹어야 하는데 휴일 학생" 하며 보내온 수고비는 생각보다 많았지만 꿀알바가 하나 끝났다는 것을 더 각인시켜줬을 뿐이다. 한편 시원하기도 했다. 숙제 청부업은 하는 일에 비해 급여가 좋았지만 안드로이드가 된 기분이 들었다. 없는 학생에게 없는 지식을 보내주는 기분. 그래도 따박따박 찍히는 통장의 잔고는 소중했다. 숙제를 해주는 시간보다 학부모와 통화에 할애해야 하는 시간이 더 피곤했다. 하지만 과외란 학생에 대해 걱정하는 부모를 받아주는 일이기도 하다. 차라리 잘리니 속이 편하다고 생각하면서도 덜컥 겁이 났다. 고정 급여가 사라진 것이다.

그리고 나리가 임신을 했다. 물론 내게 알린 것은 아니다. SNS를 통해 추정해본 결과 그렇다. 그 소식도 싫지만, 그걸 보고 있는 나는 더 싫었다. 무엇보다 우리가 나눴던 수많은 주의들은 어디로 흩어졌는지 모르겠다.

구여친 나리는 채식주의자였고, 동물애호가였고, 페미니스트였고, 비혼주의자였다.

그리고 무엇보다 작가 지망생이었다.

지금은, 가끔은 남편을 위해 스테이크를 굽고, 집 곳곳에 꽃을 장식하며, 남편 때문인지 동물은 키우지 않는다. 그녀가 진입한 통로에는 우리가 없다. 나의 흔적이 없다. 같이 나눈 무엇도 없다. 그것이 괴로움의 실체다. 그녀의 모든 거짓말. 나와 나눈 모든 것이 거짓말일지 지금의 삶이 거짓말일지 모르겠다.

많은 불길한 징조들을 품고 호랑이 우리를 향할 때 코끼리 사육사가 나를 불렀다.

"오늘부터 저희랑 일하게 됐어요."

"네?"

"저희 인력이 너무 부족해서 부탁드렸어요. 이쪽으로 와보세요."

나는 코끼리 똥 치우는 일에 배치됐다. 그렇다. 배설물.

"우와……."

코끼리 똥의 양이 얼마나 많은지, 처음 코끼리 똥을 보고 내 입에서는 '으악'이 아니라 감탄에 가까운 '우와'가 흘러나왔다. 한 덩어리가 크게는 거의 양배추만 했다. 똥 싸는 게 하는 일의 전부가 아닐까라는 생각이 들 만큼 자주 쌌다. 그러니 그 분량도 어마어마했다. 이쯤 되면 배출이었다. 생각해보라. 하루 평균 100킬로그램 정도의 똥을.

"코끼리 똥은 냄새가 덜 역하죠. 육식동물에 비해."

사육사의 해맑은 표정이 진심인 것 같아 그 앞에서 투덜댈 수는 없었지만 내가 얼마나 발달된 코와 눈을 갖고 있는지 몰라서 하는 소리였다. 게다가 분뇨의 냄새를 통해 코끼리의 건강 상태를 체크했으므로 피할 길은 없었다. 몸에 밴 냄새는 내가 타인의 눈치를 보기도 전에 나부터 혼미할 정도였다.

나는 집에 돌아와 몸을 박박 씻으며 나의 지난 아르바이트를 생각했다. 흑역사는 언제나 존재했다.

아버지가 야금야금 다 털어먹었지만 그래도 마지막까지 남아 있던 게 DVD방이었다. 덕분에 내 첫 알바 근무지도 작업실도 그곳이었다. 처음 알바를 나갈 땐 영화도 보며 일도 하면 나쁘지 않겠다는 계산이 있었다. 그런데 아버지 가게에 매일 출근하며 카운터에서 돈을 세는 전직 가수의 모습을 보는 것이 썩 유쾌하지는 않았다. 그리고 그게 다가 아니었다. 밥벌이의 고충은 경제적 정신적으로 다양했다. 지금은 사라진 DVD방은 당시 이미 사양사업이었는데 자잘하게 손 갈 일, 돈 들어갈 일은 많았다. 이를테면 빔 프로젝터도 종종 교체해야 했고, 램프도 자주 갈아야 했다. 소소하지만 방별로 저작권료도 내야 했다. 그러니까 우리 집의 얼마 안 되는 총소득에서 내가 알바비를 떼면? 대체 이게 뭐지. 전체로는 도리어 마이너스였던 것이다.

DVD방은 이십사 시간 영업이다 보니 사고를 치는 취객도 더러 있었다. 최악의 기억은 방뇨 사건이었다. 술 취한 아저씨가 방에서 그만 일을 치른 것이다. 그 일로 나는 비위가 상해 며칠간 밥도 못 먹었다. 당시 교대로 일하던 형수 형에게 푸념했는데 돌아온 말은 이거였다.

"의자와 의자 사이에 다리 걸치고 앉아 똥 싼 새끼도 있어. 그 똥…… 내가 치웠다."

잡식성 인간의 똥이라니. 정말 상상하기도 싫다. 하지만 다른 방향으로도 트라우마는 생성됐다.

"두고 간 게 있어서 찾으러 왔는데요. 12번 방에요."

"아무것도 없는데요. 제가 방금 청소했어요."

그녀는 피식 웃으며 직접 방으로 들어갔다. 그리고 탁자 밑에 놓인 리모컨 박스에서 뭔가 꺼냈는데 팬티였다. 거기엔 손바닥만 한 그녀의 분홍 팬티가 돌돌 말려 꽂혀 있었던 거다. 앳되어 보이는 그녀가 그 방에서 속옷을 벗었다는 것에도 놀랐지만, 한 시간 후 그걸 찾으러 온 용기는 좀 더 무서웠다. 하긴 내가 직접 치우지 않은 게 어디인가.

물론 괴롭기만 했던 건 아니다. 그곳에서 배운 것도 많았다. 나는 DVD방에서 여자들이 속옷을 잘 벗는다는 '사실'과 콘돔은 꼭 휴지에 싸서 쓰레기통에 버려야 한다는 '예의'와 동성끼리도 이성과 똑같이 키스와 애무를 할 수 있다는 '지식'을 얻었다. 그리고 남녀 간의 성교가 얼마나 빠른 시간에 얼마나 다양한 체위로 이뤄질 수 있는지, 또 그때 나오는 신음은 얼마나 각양각색인지, 높낮이도 얼마나 다양한지 배웠다. 즉 나는 색色의 영역은 계戒의 영역과 전혀 무관하다는 것을 알게 된 것이다.

하지만 진실을 아는 게 꼭 좋은 건 아니다.

"미친놈."

사귀기로 한 첫날 여자애를 데리고 모텔 앞으로 갔다가 들은 말이었다. 난 정말이지 편하게 할 수 있는 장소를 물색했을 뿐인데. DVD방 같은 데서 불편하게 하기 싫었을 뿐인데 그 친구는 벼락같이 화를 냈다. 만난 지 다섯 시간 만에 먼저 팔짱을 끼고 발그레한 볼을 내 귓가에 댔으면서.

그래서 그다음에 만난 여자에게는 예를 갖춰,

"한 번만 하지요. 우리."

라고 했다가 뺨을 얻어맞았다. 혹시 한 번만 하자는 게 불만이었던 걸까? 그렇다고 초면에 여러 번 합시다, 라고 말할 수는 없지 않나.

이러니저러니 해도 돌이켜보면 굉장한 비빌 언덕이었다. 수입이 없다고 죽는소리를 했어도 그때가 살 만했던 것 같다. 왜 이렇게 가난해진 거지. 이게 다 아빠 때문이라고 말하기엔 나도 밥벌이를 제대로 하고 있지 못하니 할 말은 없다. 둘이 사는 집인데 둘 다 벌이가 시원찮으면 가난한 건 당연하다. 다만 우리의 문제는 앞으로도 전망이 밝지 않다는 것. 희망이라는 인류 최고의 발명품을 도무지 쓸 데가 없다는 데 있다.

결국 나는 냄새를 참지 못했고, 흑역사만 하나 추가한 채로 동물원을 그만두었다. 태유에게는 미안했지만, 당장 돈도 급했지만, 어쩔 수 없었다. 왜 태유 아버지가 핑크스핑크스가 되어 우리 속에 누워 이십 년을 근속했는지 알 수 있을 것 같았다. 똥을 치우며 나오는 길에는 나도 들어가서 같이 눕고 싶어졌으니까. 이제 핑크스핑크스를 바라보는 시각이 달라졌다. 그거야말로 꿀직장일 수도 있다. 우리 안에 누워 여생을 보내는 직업. 그러면 누군가 돈을 준다.

"요즘 젊은것들은. 쯧쯧."

소장은 그만둔다는 나를 굳이 불러 나무랐다. 일하는 동안 한 번도 못 봤는데, 결국 그만두는 날 만나게 된 것이다. 그의 혀 차는 소리에 '그렇다면 당신이 해보시지'라고 말하고 싶었는데 안 하길 잘했다. 그는 보란 듯 다음 날부터 직접 똥을 치우고, 며칠 후에는 자신의 아들을 그 자리에 집어넣었기 때문이다.

아버지가 동물원 소장이 아닌 것이 다행이었다.

나오는 길에 관람객과 동선을 같이해 얼결에 기념품점에

들렀다. 근무하는 동안에는 한 번도 가본 적 없는 곳이었다. 엘에게 줄 선물을 살까 하다가 한쪽 코너에서 '코끼리 똥으로 만든 수첩'을 발견하고 그길로 줄행랑을 쳤다.

증후군

"맨손기타 연주대회에 나갈 거야."

아버지가 세계를 돌고, 내가 침대에서 연인과 힘찬 항해를 할 때, 형수 형은 엉뚱한 계획을 짜고 있었다. 맨손기타 경연대회 준비가 바로 그것이었다. 핀란드 오울루 지방에서 열리는 에어기타 챔피언십.

"핀란드라니. 휘바휘바?"

내 말에 형은 아랑곳하지 않고 음악을 크게 틀어놓고 뛰었다. 이것이 복고풍인가.

"그래, 흘러 다니는 시간을 잡아보자. 가즈아!"

점프하는 모습은 참으로 우스꽝스러웠다. 바보 형 역할을 이렇게까지 완벽하게 해낼 필요는 없는데. 그래, 한 번이라도 주목받고 싶다면 무엇이든 해보는 거다. 어디서 구했는지 포스터도 붙어 있었다.

MAKE AIR, NOT WAR – 전쟁 대신 에어기타를!

〈자유 세계에서 흔들거리다〉

세계 평화 증진
에어기타 세계 챔피언십의 목적은 세계 평화를 위해 존재합니다. 세상 모든 사람이 에어기타를 연주하면 전쟁이 끝나고, 기후 변화가 멈추며, 모든 나쁜 것이 사라질 것입니다.

평등한 접근성
에어기타 연주는 특별한 장소나 기술을 요구하지 않으며, 성별, 나이, 인종, 성적 지향, 사회적 지위에 관계없이 누구나 쉽게 접근할 수 있습니다.

환경 인증
에어기타 세계 챔피언십은 EcoCompass 환경 인증을 받았으며, 이벤트로 인한 환경 부담을 줄이고 지속 가능한 발전 분야에서 선두가 되고자 합니다.

전세계 참가자들은 보이지 않는 악기로 뻔뻔하게 무대에 올라 최선을 다합니다. 미소로 세계 평화를 촉진하는 이 현상은 영화 제작자와 박사 과정 연구원 모두에게 영감을 주었습니다. 에어기타를 연주하는 동안에는 총을 잡을 수 없습니다. 다 같이 깃털처럼 날아봅시다.

홈페이지의 안내 멘트를 훑어보니 어차피 주최 측도 정상은 아닌 것 같았다. 참가자들은 딥 퍼플이나 지미 헨드릭스, 오지 오스본 등의 넘버를 틀어놓고 열연을 펼쳤다. 심사 기준은 록 스타로서의 가능성, 무대 장악력, 카리스마, 청취자 반응, 기타 쇼맨십 등으로 나뉘어 있었지만 큰 의미는 없어 보였다. 어차피 그냥 심사위원 마음이다. 다만 전세계의 형수 형들이 다 모이는 자리라니, 그게 놀라웠다.

"죽을 때까지 연습해도 지미 헨드릭스처럼 연주할 수는 없잖아. 이미 그가 있는데 굳이 더 잘할 필요도 없고."

형은 묻지도 않았는데 열심히 이유를 댔다.

"이제 와서 논리적인 척하지 마."

형수 형의 말을 빌리자면 살아 있는 동안 노력으로는 절대 얻을 수 없는 기타 실력을 에어기타로 쉽게 뽐내는 것이 참가자들의 기쁨이었다. 그리고 코미디로 관객과 그 기쁨을 나누는 게 핵심이었다.

"그런데 그걸 꼭 핀란드까지 가서 해야 돼?"

바깥에서는 나이트와 러닝이 짖는 소리가 계속해서 들렸다. 개들도 뭔가 이상한 낌새는 빨리 알아채는 모양이었다.

"그게, 우리한테나 핀란드까지인 거지, 핀란드에서는 그저 핀란드고, 노르웨이나 스웨덴에서는 매우 가까운 거잖아."

그래. 치맥 파티를 왜 대구에서 하냐고 묻지 말자.

왜 내 이름이 휴일인지.

왜 엘에게서는 풀 냄새가 나는지 묻지 말자.

내 아버지가 어쩌다 전직 가수인지, 복순 씨는 왜 그렇게 세상을 떠났는지.

엄마는 왜 나를 두고 집을 나갔는지 묻지 말자.

왜 이곳에 해가 뜨고 지는지.

형이 왜 바보가 됐는지.

왜 맘모스 화석은 피크가 됐는지.

묻지 말자.

참가비는 25유로. 비교적 적당했지만 비행기표와 숙박비는 본인 부담이었다.

"재밌는 건 우승상품이 핀 플라잉 기타라는 거 아니냐."

기타 없이 기타 치는 척을 해서 받는 상이 기타라니. 대체 어느 장단에 춤을 춰야 할지 알 수 없었다. 동영상을 다 보고 나서 차라리 이런 노력으로 기타를 더 치는 게 어떻겠어,

말하려다 말았다. 형수 형의 눈에서도 광채가 나고 있었기 때문이다. 아버지 눈에서 빛나던 광채 말이다.

"악기 없이 연주한다는 건, 몸을 악기 삼아 신나게 쓴다는 걸 뜻하지. 어쩌면 그게 더 완벽한 건지도 모르겠어."

완벽 좋아하네. 하지만 말릴 수는 없었다. 아버지는 애인의 손을 잡고 자발적으로 사업 구상을 하러 떠난 거지만, 형은 맨손기타를 핑계로 도망가는 거라는 걸 안다. 형의 시끄럽고도 쓸쓸한 연습을 지켜보다 돌아서면서 나는 공간이 사람을 만드는 걸 수도 있다는 생각을 했다. 좁아터진 세운상가에서 우리는 타인을 의식하며, 반경 3미터 안의 작업에 골몰했다면, 이곳에서 형은 아무도 의식하지 않은 채 혼자 놀고 있었다.

그토록 갈망하던 혼자만의 자유로운 공간이지만 그 유배지에서 바보 형은 더 바보가 되어가고 있었다. 그린데이의 노래 '아메리칸 이디엇'에 맞춰 에어기타를 연습할 때 형은 진짜 얼간이idiot처럼 보였다.

사실 나는 운이 좋을 뿐이다. 형의 전신 노출 사건이 대놓고 범죄라면 나는 어쩌면 예비 범죄자일 수 있다. 내게는 술자리에서 옆 사람의 무릎을 만지는 습관이 있다. 나는 그걸 무릎 증후군이라고 부른다.

공연중에 옷을 벗은 건 여기 대면 나을 수도 있다. 적어도 정직하니까. 나야말로 문제다. 이를 계기로 술을 끊었지만, 아직도 그 사실을 믿을 수 없다.

공포는 결국 그리움에서 시작되는 건가. 엄마가 나를 떠난 이유 같은 것을 생각해본다. 엄마의 화장대에서 이것저것 꺼내 얼굴에 발랐던 장면이 기억난다. 그때 화장품들이 확 쏟아진 적이 있다. 그 장면은 명징한데 분을 엎은 게 엄마인지 나인지 명확하지 않다. 다만 공중을 떠다니던 희고 뽀얗던 가루들, 그것을 잡고 싶었던 어린 내가 있다. 내가 화장품을 엎은 여자애라서 떠난 걸까? 그때도 남자애였다면, 엄마들이 그토록 사랑하는 아들이었다면 두고 떠나가지 않았을까?

이불에 덕지덕지 녹아 붙어 있던 사탕 때문인가. 사탕 공장에서 일했던 엄마는 그 달콤함을 싫어했다. 달콤함이 어떤 사람에게는 짠맛이나 쓴맛처럼 여겨질 수도 있다. 이런 모든 번잡한 생각들을 나는 무릎 증후군이라 부른다.

그러고 보면 엘과 나는 같이 겪은 일을 다르게 기억할 때가 많다. 첫 만남에 대해서도 나는 엘이 내 팔을 잡고 벽으로 밀었다고 생각하는데, 엘은 내가 술을 마시고 자신의 무릎을 만졌다고 했다.

"무릎을요?"

이런 식으로 증언은 속출한다. 엄밀하게 말하면 둘이 동시에 어떤 추행을 한 셈인데, 서로 심한 호감이 있었던 터라 그것이 추행이 아니게 되어 여기까지 왔다.

"응. 네가 계속 무릎을 만졌어. 무릎뼈가 동그랗잖아. 그걸 무슨 도자기라도 어루만지듯 만졌어. 헤헤 웃으며 말야. 그걸 보는데 아기 같기도 하고 뭐랄까 기분이 나쁘지 않고 귀여웠으니까 내버려뒀지. 아니었으면 한 대 때렸을 거야. 물론 나는 네 예쁜 팔뚝에 반했지. 그러니까 우리가 좋아하는 건 팔뚝과 무릎일 수도 있어."

칭찬은 성욕을 부추긴다. 그녀의 말이 끝나기 전에 그녀의 젖꼭지를 손가락 사이에 끼웠다.

"응. 몰랐어? 너 무릎뼈 발골하잖아."

형수 형도 아무렇지 않게 답했다. 그러니까 나는 술을 마시면 옆 사람의 무릎을 만지는 버릇이 있는 것이다. 심지어 옷으로 가려진 무릎은 만지지 않는다. 오직 맨다리만 만진다. 그러니까 여름이면 반바지를 입은 남녀노소가 대상이 될 수 있다.

구차하게 변명하는 건 아니다. 그냥 그렇다는 거다.

이 얘기를 듣고 웃어준 건 엘뿐이다. 언제나 너그럽게 나를 받아주는 엘.

덕분에 술을 끊게 된 것은 다행이라고 생각한다.

무릎을 만지는 이유를 모르지 않는다. 화장대 앞에 서 있는 엄마 무릎을 잡고 얘기했던 꿈같은 기억이 한 장면 있다.

"엄마. 나랑 놀자. 가지 마. 응?"

아이의 손이 닿는 부분은 딱 엄마의 무릎. 딱 그곳.

사실은 그것이 무릎 증후군의 정체다.

엘도, 나도, 과거에 대해 이야기하는 걸 좋아하지 않는다. 하지만 어떤 말도 과거형일 뿐이란 걸 알고 있다. 시간은 늘 우리가 모르는 곳으로 흐르니까.

목구멍의 자동장치

　귀를 뚫을 듯한 공사 소리가 작업실을 둘러싸 어수선했다. 우리의 작업실이 있는 세운상가를 가운데 두고 양옆으로 26층짜리 고층 건물이 들어선다고 했다. 서울의 변천사를 떠올리면 상상할 수 없는 일도 아니었지만, 상상하기 싫었다.

　건물 부수는 소리는 멈춘 후에도 귀에 계속 울렸다. 개발. 재생. 철수. 철거. 수많은 단어의 장난 속에 서울이 자꾸만 성형수술대에 오른다. 나는 기본적으로는 반대 입장이지만 무엇을 해야 할지 알 수 없었다. 내게는 부동산도, 손해도 이득도 없다. 그런데도 내가 나서서 반대해도 되는 건가 하는 생각과 동시에, 그렇다면 내가 하는 모든 작업은 대체 뭔가 하는 생각에 머리가 아팠다.

　머리가 꽉 막혀버린 것 같았다. 하나 있는 가족은 세계를 떠돌며 연락도 잘 안 되고 있다. 그거야 그렇다 치자. 먹고사는 문제와 다음 작업, 그 어느 쪽도 제대로 되지 않았다.

스트레스를 풀기 위해 코인 노래방에 갔다. 세 곡에 1천 원. 무조건 혼자 가서 있는 대로 소리를 지르는 게 나름의 스트레스 해소법이다. 좋아하는 노래와 잘 부르는 노래 사이에 갈등하다 목청껏 소리 지를 수 있는 걸 선택했다. 가끔은 형수 형의 곡을 부른다. 아는 사이의 예의이기도 하고, 정말 좋아하는 곡도 있다. 두 곡을 부른 후 세 번째 곡을 선곡해놓고 엘에게 전화를 걸었다.

"노래 한 곡 불러줄게요."

힘껏 노래한다. 엘이 내 노래를 좋아하는 걸 나는 안다. 이렇게 사랑을 저축한다. 한껏 노래하며 나는 황제펭귄과 아버지와 아버지의 애인과, 구여친 나리와 나리의 남편, 그 집의 다정한 실루엣, 그리고 태유와 했던 작업, 앞으로 할 작업 모든 것을 생각한다. 일부러 생각하는 것이 아니라 뒤죽박죽 머리에 숨어 있던 것들이 앞다투어 튀어나오는 것이다.

나는 태유가 부러운 걸까. 잘 모르겠다. 그 추진력과 일에 대한 뜨거움이 부럽지만 나보다 더 열악한 환경이라니 상상하기도 싫다. 그리고 해림 누나에게 매여야 한다면, 그 역시 별로다. 아니다. 그런 애인이 날 좀 잡아준다면 좋을 것 같기도 하다. 난 정말 쓰레기다. 엘에게 노래를 불러주며 이런 생각을 하다니.

"아유. 예뻐라. 귀링 잘했어."

엘은 목소리만 듣고도 내 마음을 눈치챈다. 이럴 땐 미친 놈이니 뭐니 그런 얘기 하지 않고 아이처럼 달래준다. (아. 눈링, 귀링은 눈과 귀로 힐링했을 때 엘이 쓰는 표현이다.) 나는 노래방 문을 닫고 나오며 전화기 너머의 엘에게 묻는다.

"내가 왜 좋아요?"

뻔한 답을 듣고 싶어서다. 뭔가 채우고 싶을 때.

"목소리가 예뻐서. 눈 밟는 소리가 나. 네 목소리에서."

그때그때 달라지는 엘의 이런 답변이 좋다. 어쩌면 나는 내 사랑의 부족함을 질문으로 때우려는 걸 수도 있다.

"그리고, 가난해서?"

"응?"

약간 어리둥절하다.

"가난하면 선택지가 좁잖아. 그때마다 네가 하는 고민이 좋아. 집중력 있고 단단해 보여서."

살다 살다 가난이 좋다는 얘기는 처음 들어봤다. 누가 보면 가난을 수집하는 재벌 사모님쯤 되는 줄 알겠네. 자기도 그만그만한 주제에.

"그게 다예요?"

어쨌거나 강제 사랑 고백을 들으며 투정 부리고 싶은 날이다.

"몇 가지 더 있지만 그냥 나만 알고 있을래."

"왜?"

"그런 걸 다 말해야 해? 인생이 Q&A야?"

"뻔한 거 말고 색다른 게 없나 해서요."

이쯤 되면 왕자병도 중증이다.

"너에 대해 모르는 것으로 좋아하는 것보다는, 아는 것으로 좋아하는 편이 훨씬 안전하지 않아?"

맞다. 그리고 상대가 나를 싫어하는 이유를 생각하기보다는, 좋아하는 이유를 꼽는 편이 훨씬 낭만적이다. 물론 반대의 경우도 존재한다. 상처 입고 싶을 때 하는 질문도 있다. 이를테면 복순 씨에게 '엄마는 왜 나갔을까, 그 뒤로 연락 온 적 있어?' 같은 걸 물었던 것처럼.

목울대가 뻑뻑해질 때면 나는 복순 씨가 쪄주던 술맛 나는 떡을 생각한다. 복순 씨가 살아 있다면 아르헨티나에 보내줬을 텐데. 복순 씨가 아르헨티나 타령을 할 때는 대체 무슨 소린가 했는데, 아버지가 안티구아 타령을 하니 특별히 이상할 것도 없었다는 생각이 든다. 아, 어쩌면 그래서 모자지간인가도 싶다.

복순 씨의 친구 부부가 오래전 옷 장사를 하러 아르헨티나로 떠났다는 것은 알고 있었다. 엄마가 떠나고 아버지는 방황할 때, 암수 펭귄이 모두 새끼 펭귄을 내박쳤을 때 나를 품어준 할머니 펭귄. 이럴 줄 알았으면 지원금을 받자마자 복순 씨 비행기표부터 끊는 거였다. 어차피 내게는 라오스나 안티구아나 아르헨티나나 그게 그거니까. 가본 일도, 갈 예정도 없는 곳. 대신 나는 그 나라의 음식들을 서울에서 먹는다.

이렇게 말하면 대체로 인자하고 부드럽고 헌신적인 '할머니'를 떠올리기 마련인데 그건 아니다. 복순 씨는 늘 소리를 질렀고, 나를 애물단지라고 서슴없이 표현했다. 한번 화가 나기 시작하면 목구멍에 자동장치라도 달린 듯 온갖 폭언을 일삼았다. 돌이켜보면 폭언이라기보다는 뻔한 진실이었는데, 그게 또 진실은 대부분 폭언이므로 매우 괴로웠고, 어쩔 수 없이 감수해야 했다.

이렇게 힘들게 밥해 먹인다고 무슨 복이 돌아오겠냐고, 이렇게 돈 못 벌려고 대학까지 나왔냐고 구박도 많이 했다. 그러면서도 친구들이나 이웃에게는 나를 엄청나게 자랑하는 표리부동함이란.

주목할 만한 신인전을 하게 됐을 때는 '주먹만 한' 신인이라고 주변에 자랑했는데, 그렇게 자동으로 말을 바꾸는 것은 복순 씨만의 재능이었다. 일부러 그러는지 저절로 그렇게 되는지는 아직도 알 수 없다. 이를테면 유턴을 돌아가실 때까지도 뉴턴이라고 발음했다. 그러고 보니 엘과 복순 씨의 언어

습관은 어떤 면에서 많이 닮아 있다. 복순 씨는 담배도 많이 피웠고 음식도 잘 먹었다. 음식을 너무 빨리 먹어서 목구멍을 닫는 기능이 없는 게 아닐까 의심스럽기도 했다.

"팔 남매가 붙어서 밥을 얻어 처먹어야 하는디, 일단 목구녕에 넣구 보는 거지. 씹덜 안 혀."

복순 씨의 이런 어린 시절 얘기를 듣는 것이 재밌었다.

복순 씨는 평생 유복자 아들을 위해 살았다고 해도 과언이 아니다. 나에 대한 사랑도 결국 아들을 향한 구애, 그것의 파생 같은 것에 지나지 않는다는 걸 안다.

"눈에 넣어도 안 아플 내 새끼."

나를 보며 이런 말도 했지만, 아직도 그 눈에 넣는다는 말이 뭔지 잘 모르겠다. 어차피 넣을 수 없으니까 하는 말이 아닐까.

복순 씨는 허리가 아프다고 구부리고 다니다가도 싸울 일이 생기면 깜짝 놀랄 만큼 꼿꼿하게 허리를 펴서 모두를 어리둥절하게 했는데, 그러다가도 전투가 끝나면 다시 언제 그랬냐는 듯 허리를 굽혔다.

복순 씨는 특히 엄마 얘기가 나오면 정말 쌍욕을 서슴지 않았는데, 그것이 나는 싫으면서 싫지 않았다. 그렇게 구체적으로 욕을 할 때면 그래도 엄마가 지구 어딘가 존재하는 것처럼 생각되었기 때문이다.

시끄러운 고요

"눈이 멀고 있어. 앞이 점점 안 보인다고."

한참 동안 연락이 없던 아버지에게 전화가 왔다.

"거기가 어딘데요?"

"모르겠다. 안티구아인 것 같기는 한데, 황 실장이 없으면 할 수 있는 게 없어."

"눈이 왜 안 보이는데요."

"모르겠어. 이곳의 의사들은 다 알 수 없는 말만 해. 외국어는 블랙코미디로구나. 경쾌한 리듬을 타는데, 그걸 들으며 웃고 있으면 세상이 영원할 것 같단 말이지. 그런데 사실 나는 하나도 못 알아듣거든. 생각해보렴. 눈이 보이지 않는데, 알아들을 수 없는 말들뿐이라면."

도무지 무슨 소리인지 알 수가 없었다. 눈만 먼 게 아니

169

라 언어체계도 고장 난 것 같았다.

"그러니까 지금 장님이 되었다는 거예요?"

"그런 셈이지."

"아니, 그런 셈이 아니라 그런 거냐구요. 일시적인 거예요? 어서 돌아와요. 여기 병원에 가봐야 할 것 아니에요."

"그런데 말이다. 눈이 보이지 않으니 마음이 편해졌어."

"그래서 어떻게 하겠다는 거예요."

할 말이 없었다.

"돌아는 가겠지만, 병원에는 안 갈 셈이다. 할머니 때도 봤잖니. 병원은 그냥 죽음을 지켜봐줄 뿐이야."

"할머니는 나이가 많으셨을 뿐이에요. 돌아가실 때 여든이 훌쩍 넘으셨다고요."

이렇게 말하고 복순 씨에게 좀 미안해져 덧붙였다.

"그래도 운이 좋았다면 더 사셨겠지만요."

"나 역시 평생 쓸 운을 다 쓴 것 같아서 말이지."

그걸 이제 알았단 말인가.

"아니다. 운이 아주 좋은 거지. 먼 여행 속에서도 이렇게 살아 있잖아. 걱정 마라. 매일매일 새로운 통찰력이 생기고 있어."

아버지의 이상한 낙관성에 짜증이 치밀었다.

무엇보다 눈이 멀었다는 말이 거짓이면 좋겠다고 생각했

다. 진짜 눈이 먼 게 아니라 은유 같은 거면.

그때 수화기 너머 개 짖는 소리가 들렸고 전화가 끊겼다.

유턴을 하는 아버지와 눈이 먼 아버지 중에 어떤 편이 나을까. 잠시 생각했다. 그러나 곧 알게 됐다. 눈이 먼 채 유턴을 하는 아버지가 생겼다는 엄청난 사실을. 아버지와는 어울리지 않는 낱말 '고요함'이 이런 식으로 장착될 줄은 몰랐다.

아버지의 소식과 실직으로 인한 불안에 하루하루 허덕이던 나는 형수 형에게 갔다. 형의 경연 연습을 보기 위한 것도 있지만 휑한 마음을 채우고 싶어서였다.

형이 연습하는 건 실전에 나갈 선택곡 레니 크래비츠의 '아 유 거너 고 마이 웨이Are You Gonna Go My Way'였다. 2번 프렛에서의 밴딩이 어려워 제대로 연주하지 못했던 곡이다. 무리하다가는 손이 상하기 쉬운 넘버.

저스트, 푸시, 레이백. 하지만 형의 점프는 0.01초가 아니라 심하게 어긋났다.

"에어기타라고 해도 곡을 완벽히 이해하지 않으면 제대로 연주할 수 없어."

고개를 숙이고 자못 진지하게 말하는 형은 어느 때보다도 뮤지션 같았다.

맞는 말이었다. 연주 실력으로 승부를 보는 게 아니기 때문에 더 정확한 피킹과 밴딩이 요구됐다. 진짜 슬플 땐 눈물이 안 나기도 하지만, 우는 연기를 할 땐 안약이라도 넣어야 하니까. 깃털처럼 날아오르는 형은 어쩌면 내 미래였고, 눈이 먼 채 안티구아에 있는 아버지는 형의 미래일지도 몰랐다. 우리는 다들 어디로 가고 있는 걸까.

형수 형으로서는 다른 대안이 없다. 준비만 하다가 평생 가지 못한다 해도 상관없을지도 모른다. 맨손기타대회라는 새로운 종교. 누구나 자기 앞의 생을 견디고 있다. 형은 더는 전 같을 수 없다. 사람들의 시선은 한 사람의 기를 충분히 꺾을 만했다. 진짜 형벌은 감옥이 아니라 그것이었다.

그렇지만 불행인지 다행인지 형수 형은 이 종교 때문에 점점 활력이 넘쳐흘렀다. 그 활력이 나는 또 불안했다. 명색이 기타리스트인데 맨손기타 경연대회에 나간다는 게 영 마뜩지 않았다. 말이 되나. 허공 속의 연주를 지켜보다가는 울컥하기도 했다. 너무 빠른 성공이 사람을 망친다고들 하지만, 평생 한 번의 성공도 못 하는 것에 비하면 나은 것 아닌가. 형수 형을 보면 너무 늦은 성공은 그냥 오지 않을 어떤 것이라는 생각마저 들었다.

형이 원맨밴드를 하며 나를 불러놓고 떠들던 시절이 그리웠다. 노래를 만드는 시간보다 노래에 대해 이야기하는 시간이, 연습하는 시간보다 음악을 듣는 시간이 더 길었지만 그 시간이 형에게는 가장 행복했을 것이다. 이제 그 궤도에서 내려오려 하고 있다.

　"우리 나이트는 조용하고 숫기가 없는 편이야. 친해지는 데 한참 걸릴 거야. 간식은 이거, 이걸 젤 좋아해. 체크카드 두고 갈 테니 아낌없이 먹여줘. 그리고 러닝은 사람을 잘 따라. 그러니까 좀 편할 거야. 뭐든 씹지도 않고 삼켜서 그게 걱정이긴 하니 큰 먹이를 줄 땐 조금 천천히 먹게 해줘. 그 녀석이 그러도록 가만히 있지는 않겠지만."

　그렇게 사랑하면 곁에 두고 키울 일이지 대체 왜 떠나는 거야. 동물원을 관뒀는데도 동물의 세계에서 벗어날 수가 없었다.

　아버지와 형수 형, 두 사람은 내 마음을 언제나 시끄럽고 또 고요하게 만들었다.

무릎의 일

"서울에 피사의 사탑이 있었으면 그것도 재개발했을 거 같아."

엘의 말에 웃음이 터졌다.

"응. 최소 똑바로는 세웠을 거 같아요."

똑바로 서게끔 재개발된 피사의 사탑을 생각하니 또 웃음이 났다.

"피라미드는 벌써 다 밀었겠지?"

"에이, 그래도 피라미드쯤이면 뒀겠죠. 경주도 고도제한 해서 개발 안 하잖아요."

"서울에 있었으면 모를 일이지."

한산한 평일의 기차 안에서 엘과 나누는 농담은 무엇이든 유쾌했다. 늘 바쁜 엘이 어쩐 일로 시간이 났다. 나야말로 갑갑증이 생겨 서울을 떠나고 싶던 찰나였다.

　창밖의 풍경들이 잠깐 내 것이 되는 프레임. 기차의 창이 좋다. 숲과 벌판이 스르르 지나가고 나뭇잎이 닿을 듯 펼쳐진다. 구름이, 매일 달라지는 구름이 창을 따라오다 힘에 겨워 흩어진다. 여행을 좋아하는 편은 아니라고 생각했는데, 사실은 가본 데가 별로 없어서 그렇게 생각하는 걸까. 뇌와 눈에 산소가 공급되는 기분이 들었다.

　"그런데 어떻게 시간이 났어요?"

　"에어비앤비 옆에 호텔이 들어서서 요즘 사람이 별로 없어. 아무래도 정리할 거 같아."

　정든 우리의 장소가 하나 사라지는 건가.

　"싫어, 싫어. 그럼 이제 우린 어디서 만나요."

　입을 삐죽거려보지만 소용없다는 걸 안다.

　그러고 보니 데이트다운 데이트를 한 적이 별로 없다. 가짜 집에서 가짜 살림을 하며 한낮에 몇 시간씩 머무는 것. 그것이 전부인 지 꽤 됐다. 어른의 연애가 그렇지 뭐 생각하다가도 엘에게 약간은 미안해진다. 나는 젊음을 무기로 엘에게 너무 기대고 있나. 통상적으로 애인이 바라는 어떤 것을 해주려고 전전긍긍 노력해본 적이 없는 것 같다. 엘은 점점 더 편리하고 편안해지기만 한다.

　바닷가 바로 앞 숙소는 방 크기는 작았지만 그 대신 창이

컸다. 나는 눈에 들어올 것 같은 바다에 잠시 넋을 잃었다. 오래오래 바다를 바라봤다. 쾌적한 공간에서 함께 바다를 바라보는 일. 이것이 직업이면 얼마나 좋을까.

"어떻게 이렇게 좋은 숙소를 알아냈어요? 검색해도 안 나오던데?"

"나, 이 동네 사람이거든."

서울 태생일 거라고 생각했는데. 사투리도 전혀 쓰지 않았는데. 놀랐지만 따지고 보면 놀랄 일도 아니었다. 서울에는 서울 태생보다 지방에서 온 사람들이 훨씬 많이 살고 있다. '마사모'만 해도 태유와 도도는 서울 출신이 아니다. 나와 은지만이 서울 사람이다. 그렇다고 다른 것은 하나도 없다.

"서울은 뭔가 만화경으로 보는 세상처럼 어지럽고 요란하잖아. 그렇지만 처음 서울에 갔을 때 나는 모든 게 좋았어. 큰 도시라는 자체가 안도감을 줬달까. 사람들이 바로 옆에 있다는 것이 좋았어. 비명을 지르면 누군가 들어줄 거라는 믿음."

이런 외진 바닷가에 살았다면 그럴 만도 했다. 우는 사람도 이곳 출신일까. 그러고 보니 엘에 대해 아는 건 여전히 별로 없었다.

"내일 날씨 봐서 배 타도 좋을 텐데."

"배?"

"응. 나는 배 타는 걸 좋아해. 땅은 너무 딱딱하잖아. 물은 부드럽고 말랑말랑하지. 배를 타고 일단 섬까지 들어가서 다시 고깃배 타고 바다로 나가면 정말 재밌어."

배라니. 상상만으로도 어지러웠다. 나는 멀미가 심했다.

바닷가 숙소에서 나는 사랑이 냄새라고 생각했다. 두 마리의 슬픈 짐승이 되는 그 순간. 그 순간 방을 가득 채운 냄새들이 아직까지도 엘과 나의 시간을 지배한다. 그 둘만의 밤. 갑자기 눈물이 났다. 엘의 입술이 닿을 때 내 머리 위로 그녀의 긴 머리카락이 쏟아졌는데 그때 눈을 찔려서인지, 아니면 내 머리카락을 쓰다듬어준 손길 때문인지 정확히는 기억나지 않는다.

우리는 사랑을 나누고 깊은 잠에 빠져들었다. 오래오래 바다를 빛내는 달빛을 바라보고 싶었지만, 노곤해진 몸이 허락지 않았다. 섹스 후의 잠만큼 좋은 것은 또 없다. 자다가 깨서 다시 반짝이는 밤바다를 바라봤다. 밝은 방. 한밤중의 밝은 방. 눈이 아프다. 마음은 눈에 있을까.

오래 잠들지 않았는데 환한 빛에 눈을 뜨니 흰 벽과 시트가 주홍빛 해로 물들어 있었다. 그때의 따스함을 오래도록 잊지 못할 것이다. 아주 가까이 바다가 있고, 백사장을 달리는 외국인이 있고, 끼룩끼룩 갈매기가 있다. 나는 엘을 만지작거리며 덜 깬 잠을 즐긴다. 노곤하게 잠든 엘의 얼굴을 바라본다. 방심한 얼굴이 좋다. 반쯤은 풍요롭고, 반은 빈곤한 그런 얼굴이다.

그리고 잠에서 깬 엘을 놓치지 않고 맨몸을 들여다본다. 실오라기 하나 걸치지 않은 엘의 몸. 아이 같기도, 반대로 노파 같기도 하다. 나는 머리부터 발끝까지 열심히 애무한다. 새로운 장소에서는 열정도 새롭게 생기는 걸까. 그러다 엘의 음모에서 눈이 멈췄다. 거기 하얀색 털이 하나 삐죽 나와 있었다.

"귀여워. 새치라니."

털을 뽑아보려고 건드렸는데 엘이 찰싹 내 손등을 때렸다. 낭만이 깨져버리는 소리. 찰싹.

"새치가 아니고 그냥 늙어서 생긴 거야. 새치라는 말은 시간에 저항하는 거잖아. 마치 실수로 잠깐 하얘진 것처럼 위장하는 말이야."

이렇게 짜증을 냈다.

"아아, 그런데 모두 주황빛이네. 예쁘다. 우리 꼭 접시에 담긴 오렌지 같아."

나는 갑자기 뻗친 열정으로 엘을 꽉 끌어안는다. 우리는 침대에서, 바닥에서, 창가에서, 그리고 샤워실에서 끝없이 서로를 탐닉한다. 땀과 침과 눈물과 또 뭔지 모를 액체들이 서로의 몸에 닿고 흐르고 감염시킨다. 핥고, 만지고, 벌리고, 파묻고, 빨고. 기억나지 않는 짐승의 시절로 되돌아간다. 자신

179

을 위해, 서로를 위해.

"어머 피야?"

사랑이 끝나고 서로의 몸에 기댔을 때 무릎이 따끔거려 살펴보니 피가 맺혀 있었다.

그것도 모르고 열심열심이었다니. 엘이 무릎을 호호 불어주며 깔깔댔다.

"그러게 누가 오버하래?"

"아, 아파요."

다른 건 몰라도, 격한 사랑은 무릎의 일인 게 분명했다.

이것이 파이프라면

"손, 참 예쁘다."

내 손을 바라보던 엘이 말했다. 맞다. 나는 손이 예쁜 편이다. 형수 형만큼은 아니지만 그렇다. 백수의 상징 흰 손. 가난한 기타리스트의 상징, 희고 가는 손가락. 형수 형 손가락에 반해 따라다닌 여자애도 있었다. 아, 그래서 형은 맨손기타대회에 나가고 나는 반백수인가.

잡고 있는 엘의 손에 신경을 집중해봤다. 말랑하고 딱딱한 감촉이 마디마디 느껴졌다. 이건 물렁뼈, 이건 미끈액. 엘의 손에 내 손을 얹고 바라봤다. 우리의 마음은 손에 있을까. 손의 마디는 굵고 조금은 짜리몽땅하다.

"못생겼어. 보지 마."

벗은 몸을 볼 땐 가만 있더니, 정작 손은 뺀다. 부끄러워

하는 엘이 귀엽다.

조식을 먹고 손을 잡고 산책을 한 후, 백사장에 앉아 새들을 바라봤다. 곰이 되고 싶었던 아이와 사탕이 되고 싶었던 아이가 어른이 되어 새를 바라본다. 끝없이 펄럭이는 날갯짓을 보고 있으니 내 어깨가 다 아프다. 파도도 쉬지 않고 움직인다. 움직이지 않는 것은 죽은 것들뿐이다. 아무것도 하지 않고 오래도록 바다를 바라보는 커플. 나는 이런 우리의 모습이 마음에 들었다.

엘은 파이프를 꺼내 연초를 꾹꾹 눌러 담아 피우기 시작했다. 바닷바람에 연기가 공중으로 흩어졌다.

"마지막으로 피우는 거야. 이제 버리려고."

"어. 버릴 거면 나 줘요. 그거 비싸 보이는데."

엘은 잠시 나를 째려보더니, 바다를 보며 몽글몽글 입으로 연기를 불었다. 그리고 파이프를 한참 바라봤다. 엘이 바라보는 것은 무엇일까. 파이프에 새겨진 것은 무엇일까. 어쩌면 엘은 파이프를 들고 있는 자신의 뭉툭한 손을 바라보는 것 같다. 자신의 손에 내려오는 삶의 내력. 나는 그걸 지켜본다.

"한번 피워봐도 돼요?"

마지막이라니 한번 피워보고 싶었다.

"우리 술린이, 피울 수 있겠어?"

술을 끊은 후 붙인 별명을 부르며 놀려댄다.

"조심해. 깨지기 쉬우니까."

끝까지 유세다.

"버린다면서."

"깨도 내가 깨."

시키는 대로 조심스레 파이프를 쥐어봤다. 따뜻하고 단
단하다. 조약돌이나 조개를 쥔 것처럼 무언가 안심되는 그런
기운이 있다. 파이프의 묵직함이 안온하게 느껴진다. 엘이 왜
그토록 애착을 느끼는지 이제야 알게 됐다.

손은 파이프를 감싸고, 파이프는 그 안에 쏙 들어온다.
곧 미끄러질 것 같은 자세로 그렇게 손과 파이프는 서로를 잡
고 혹은 잡히고, 그 짧은 시간에도 숨을, 기도를, 소망을, 실
망을 나눈다.

"아버지 물건이야."

엘의 아버지는 그럼 뱃사람이었을까. 엘은 파이프를 받
아들더니 말릴 새도 없이 바다를 향해 뛰어가 힘껏 던졌다.
긴 포물선이 그려졌다.

"서울에 돌아가면, 가게를 하나 차릴 거야."

아버지의 파이프를 던진 엘은 돌아와 이렇게 말했다.

"가게요? 어떤?"

"모르겠어. 가게라기보다는 어떤 장소. 나만의 장소를
갖고 싶었어, 오래전부터. 이제 때가 된 거 같아. 가게 이름

고민 중이야. 예쓰, 오앙, 오아. 어떤 게 나아?"

내 의견을 들을 것도 아니면서 꼭 묻는다.

"예쓰?"

"응. 예쁜 쓰레기."

"쓰레기라고 하면 사람들이 사겠어요? 오앙은?"

"오래되고 앙증맞은 물건들. 오아는 오래되고 아름다운 물건들 줄임말. 어떤 게 좋을까."

셋 다 별로였다.

가게 이름으로 유추해 빈티지숍의 주인장 엘을 상상해 본다. 잘 어울린다. 하던 귀걸이를 알코올로 소독해서 판매하고, 옷도 입다가 다시 걸어둘 수도 있다. 괜찮다. 빈티지니까. 그러고 보면 인간의 물건만 빈티지와 새것이 존재한다. 자연은 모든 것이 태초와 같다. 바닷가는 처음이 아니지만 지금 이 자리의 이 바람과 이 물빛은 처음인 것이다.

"반짝이는 것에서는 눈을 뗄 수가 없어요. 불도, 물도, 별빛이나 달도. 빛나서 움직이는 것들에게선 도저히 눈을 뗄 수가 없어요."

물과 불, 그것에 홀리는 건 나만일까.

"응. 물귀신이 있지. 사람을 홀리는 것. 어떤 보석보다 더 우리를 가혹하게 불러내. 이 바다에서 해마다 얼마나 많은 사람이 죽는지 모를 거야. 나도 어려서 두 번이나 물에 빠졌

어. 한 번은 사람들이 구해줬고, 한 번은 분명히 바다를 바라
보고만 있었는데 어느 순간 물이 목까지 차 있더라고. 홀려서
걸어 들어갔나 봐. 빠지기 직전에 다행히 정신 차린 거지."

그리고 엘은 두런두런 자라온 이야기를 해줬다. 왜 고향
을 떠났는지. 함께 사는 사람은 왜 울기만 하는지. 그리고 말
했다.

"우리. 헤어지자."

뭐라고요? 나는 대답 대신 가만히 엘의 어깨에 입을 맞
추고 기댔다. 그러자고도, 싫다고도, 왜냐고도 말하지 못했
다. 대신 그 상태로 오래도록 바다를 바라봤다.

이제야 비로소 우리가 진짜 땅에 발을 디딘 기분이 드는
데, 헤어지자니. 하지만 그래서 헤어지자는 걸 수도 있다는
생각이 들었다. 만들어진 실내 세트장 같은 공간에서 연인을
연기하던 지난날들이 떠올랐다. 어쩌면 2부는 시작하고 싶지
않은 걸까. 나도 엘도. 아름다운 역할놀이까지만, 눈이 부시
게 하얀 시트 위에서의 리듬감 있는 사랑만.

"나는 사실 돈을 제일 좋아하는 거 같아."

한참 후 엘이 입을 뗐다.

"우리는 자주 아름다움이나 이런 향긋함을 좋아한다고
말하지만 실은 돈을 좋아하는 게 아닐까. 이런 것들을 향유할
수 있는 힘. 돈 말이야."

돈 말이야, 라고 할 때 엘의 콧등 주름이 도드라졌다. 내 콧등도 괜히 시큰했다. 언제나 돈이 문제였다. 작업도, 결혼도, 여행도, 연애도. 모든 게.

"그래서 헤어지자는 거에요?"

내가, 혹은 엘이 돈이 없어서? 엘은 대답 없이 내 어깨에 기댔다.

안다. 엘이 같이 사는 거 어떠냐고 물어볼 때마다 내가 머뭇거렸고 주저했다는 것을. 그렇다고 이렇게 이별을 통보받을 줄은 몰랐다. 그럼 이건 이별 여행인가. 이별 선언을 듣고 비로소 나는 거의 처음으로 우리의 관계를 진지하게 생각해보았다. 연애의 끝은 어차피 결혼 아니면 이별이다. 영원히 친구처럼 간다는 것, 그런 관계는 존재하지 않거나 존재해도 시금털털하다. 마음이 복잡해졌다.

그때 전화가 울렸다. 해림 누나였다. 다른 때 같으면 받지 않았겠지만 어색한 분위기를 피하고 싶어서 망설임 없이 받았다.

"휴일아, 태유 어딨는지 아니?"

누나 목소리가 잠겨 있었다. 도무지 연락이 되지 않는다고 물어왔다. 나는 당연히 몰랐지만 알아도 안다고 말할 수는 없을 거다. 둘의 상황이 어떤지 알 수 없었기 때문이다.

"걔가 어떻게 나한테 그럴 수 있니? 갑자기 문자 한 통으로 헤어지자고, 좋은 누나 동생으로 지내재. 내가 사준 옷 입고, 신발 신고, 그러고 다른 여자 만나고 다니고 싶니?"

역시 또. 태유도 참 변하지 않는다.

'왜 그러고 싶겠어. 하지만 걘 안 그럴 방도도 없을걸.'

이렇게 말하고픈 걸 참고 설마 아닐 거라고, 조금 기다려보라고 달랬다. 혼자 한참 떠들던 누나는 몇 번이나 반복적으로 걸려온 전화 때문에 결국 끊어주었다. 아마 일 관련 전화였을 거다. 누나는 늘 바빴으니까. 일상은 이별 따위로 사라지지 않는다.

"누구?"

"태유 여자친구요."

"아, 해림 씨."

태유에 대해 엘도 조금은 알고 있다.

"태유. 여자들이 먼저 좋아하게 잘 만들지. 자기는 마음을 안 주니까 어렵지 않을 거야. 태유의 재능이지."

태유에 대해 얼마나 잘 안다고. 그럼 너는? 너도 나한테 헤어지자고 했잖아. 방금. 그럼 마음을 주지 않은 거야?

"가난해서 그래."

언제는 가난한 사람이 단단해서 좋다며. 태유와 함께 모욕당하는 듯했다. 유체이탈 화법이 이런 건가.

"기분 나쁘게 듣지 마. 가난은 작업할 때는 단단하게 만

187

들어주지만 일상에서는 욕망을 좌절시키기 때문에 유혹에 약하게 만들지. 걔는 해림 씨가 줄 수 있는 게 탐났겠지만 자기가 뭘 원하는지는 본인도 정확히는 몰랐을 거야. 이제 충족되었으니 다른 유혹에 또 빠져들겠지."

태유 얘기인데도 어쩐지 내게 하는 말 같아서 기분이 별로였다. 끝까지 가긴 힘들다고 생각해온 내 마음을 꿰뚫어 본걸까. 그래서 먼저 차는 건가. 어찌 됐든 차인 건 나고, 그래서 황망한 것도 나다. 결별을 선언하는 쪽은 미리 준비했기 때문에 여유가 있다. 아니면 태유처럼 새로운 사랑에 관심이 쏠려, 버린 쪽을 바라볼 이유가 없다. 하지만 버림받은 쪽은 다르다. 생의 모든 원리가 이별에 쏠린다. 비극의 주인공이 되는 것이다. 남 걱정할 때가 아니었다.

적극적으로 잡아야 하나. 하지만 고개를 저었다. 엘을 잡으려면 같이 살자는 말을 할 용기도 함께 장착해야 한다. 그렇지만 결혼은 말도 안 된다. 나는 아무 준비가 되어 있지 않다. 엘은 나이가 많다. 물론 그래서 잡지 않는 건 아니다.

아니다. 나이가 많아서 싫은 걸 수도 있다. 나보다 먼저 늙어가는 모습을 바라볼 자신이 있을까. 지금은 괜찮지만. 게다가 엘의 우는 사람을 내가 감당할 수 있을까. 아버지 하나도 벅찬데. 역시 나이에 맞는 연애가 좋았나. 영원히 쿨할 것 같던 현실을 깨웠다. 나는 아직 어리다. 어리고 싶다. 아무것도 결정하고 싶지 않다.

올라오는 기차 안에서 찬찬히 엘을 바라봤다. 전에 없던 단점을 찾아본다. 그래야 이별이 덜 아프다. 엘은 나이도, 직업도, 말도, 생각도 너무 많다. 그런데 돈이 특별히 많지도 않다. 물론 엘의 품은 언제고 좋다. 핫 커피 리필. 핫 커피 리필. 그렇지만 섹스가 좋다고 대체 뭐가 달라지겠는가.

나는 어색함을 달래려 형수 형 얘기를 꺼냈다. 핀란드로 간다는 바보 형에 대해 시시콜콜 지껄였다.

"핀란드엔 이상한 대회가 참 많아. 사는 게 지루한가 봐. 아내 업고 오래 달리기, 사우나에서 오래 버티기 같은 것들 말야. 해마다 사우나에서 몇 명씩 죽는다던데."

아까의 엘은 없어지고 다시 쿨한 엘이 나타났다. 이게 편하다. 다행이다.

"핀란드에 산타클로스 마을도 있잖아. 로바니에미라고."

"그런 데가 있어요?"

"응. 편지를 쓰면 그곳에 사는 산타가 답장도 해줘. 나는 해마다 쓰는걸."

편지라니. 역시 옛날 사람이다. 뭐라고 썼을까. 동거인이 더 이상 울지 않게 해달라고 빌까. 아니면 파이프의 주인공이 돌아오기를 바랐을까?

"우리, 그럼 친구로 지내면 어때요. 우리는 친구로도 정말 잘 지낼 거 같아요."

엘은 대답 대신 차창을 바라봤다. 기시감이 스쳤다. 몇 번이나 저런 표정을 본 것 같다. 남의 얼굴에서, 내 얼굴에서, 혹은 텔레비전이나 영화 속에서. '친구로 지내자, 우리.' 태유가 해림 누나에게 했을 말. 첫사랑이 내게 해온 말. 그걸 내가 엘에게 하고야 말았다. 잡지도 놓지도 않고 근처에 놓기 위해 하는 그 편한 말 말이다.

한참 후 엘은 입을 뗐다.

"이 동네 살 때 서울에서 놀러 온 언니가 있었어. 우리 집 근처에 방을 하나 얻어서 오래 묵었지. 몇 살 위로 보이니까 친근하기도 했고, 또 서울에서 왔다니까 호기심도 좀 생겨서 먹을 것도 종종 나눠 먹곤 했어. 언니는 작은 스피커를 가져와서 좋은 음악도 많이 들려줬지. 그런데 참 이상한 게 어느 날 보니까 바다에 속옷을 입고 가는 거야. 놀라기도 했고, 이상하기도 해서 달려가서 언니, 언니 하고 조용히 주변을 둘러보며 얘기해줬어. 언니 속옷 입었다고."

엘은 말을 하다 말고 약간 눈썹이 일그러졌는데 양쪽 눈썹이 아니라 한쪽만 입과 비대칭으로 일그러져 기괴한 느낌을 줬다. 여태 한 번도 보지 못한 표정이었다.

"그런데, 그런데 말이지. 그 언니가 무슨 소리냐는 듯 나를 빤히 바라보는 거야. 자기가 입은 건 속옷이 아니라, 분명

190

히 수영복이래. 아무리 봐도 면으로 된 살구색 브래지어랑 팬티였는데."

나는 이 말을 들으며 묘한 기분에 시달렸다. 나는 친구로 지내자고 하고 있는데, 왜 이런 얘기를 하는 걸까. 아랑곳하지 않고 엘은 계속 말을 이어갔다.

"왜 그 언니는 그걸 수영복이라고 우겼을까. 무안해서 그랬던 것 같지도 않고 어떤 신념처럼 정말 확고했어. 당당하게 해변을 거닐었지. 우리가 아무리 촌사람들이라고 해도 그걸 모를 리는 없잖아. 그래서 그 언니는 우리 마을에서 미친년으로 불렸어. 속옷만 입고 돌아다니니까. 마을 어른들은 그렇게 부를 만도 했어. 그렇게 여름이 지나고 떠났지. 난 한동안 서울 사람들은 속옷만 입고 수영하나? 별생각을 다 했어. 나는 그게 아직도 풀리지 않는 미스터리야."

엘은 그렇게 이상한 말을 하고 먼 곳을 바라보다 눈을 감았고 기차 안은 덜컹거리는 소리만 울렸다. 시끄러웠지만 고요한 그런 공간이었다. 이 이상한 얘기는 한참 동안 머리에서 떠나지 않았다.

뜻밖의 쇼

아름답고 심란한 여행 끝에는 친구들이 있었다. 마사모. 마카로니를 사랑하는 사람들의 모임. 이번 약속 장소는 카페 수영장이었다.

"시위도 하던 사람들이 하는 거야. 프랑스의 노란조끼처럼. 막 던져대고 강하게 해야지 들어주지."

실장님은 그새 안색이 환해졌다. 이제 하늘 같던 선배이자 직장 상사가 아니라 성공한 카페 수영장 주인장이었다. 그사이 수영장은 발 디딜 틈이 없어졌고, 2호점을 낸다고 했다.

"2호점에서 모일 걸 그랬나? 오픈 전이지만 스페셜 게스트들은 모실 수 있는데 말야."

도도는 자신이 한 인터뷰 덕이라는 티를 내고 싶어했고 실장님은 기꺼이 도도 비위를 맞춰줬다. 포르투갈에서 샀다던 문고리가 장식품이 되어 수영장 구석을 장식하고 있었다.

"우리도 작업실 곧 비워야 할걸?"

당연한 수순이었다. 수영하는 사람은 여전히 벽에서 물결처럼 빛나고 있었다.

"그래. 나도 기본적으로는 반대야. 역사는 보존해야지. 그런데 순차적인 개발도 인정해야 해."

태유는 재개발에 대해 애매한 태도를 유지했다. 시에서 받은 월급 때문에 전과 다르게 중도적 입장이 되었다는 걸 알고 있다. 여럿이 같이 있어서 해림 누나에 대해 물어볼 기회가 없었다. 그렇지 않다 해도 서로 건드리지 말아야 할 영역은 있는 법이다. 실장님은 간만에 후배들과 있어서 즐거운지 은근슬쩍 합석했다.

"돈 받았다고 꼭 시킨 대로 할 필요는 없어. 주고 싶어서 준 건 준 사람 사정이고, 받은 사람은 마음이 바뀔 수도 있는 거 아냐? 돌려줄 필요 없이 그냥 마음이 바뀌었다고 하면 되는 거야."

뭔가 그럴듯한 말이었지만 우리는 새가슴이다. 오죽하면 구석에 앉아 빛을, 소리를, 냄새를 쪼개고 있겠는가.

그때 은지가 도착했다. 옷차림과 머리와 화장이 어쩐지 전부 어색했다. 게다가 못 본 사이 수척해져 있었다. 여름은 모두에게 가혹했던 걸까.

"어이, 공무원! 철밥통 오셨다!"

도도가 농담으로 반겼지만 은지 눈썹이 올라가는 게 보였다.

"죽을래. 얼마나 일이 많은데. 그런 소리 좀 하지 마."

그렇지. 이제 좀 은지 같다. 도도는 은지 성격 알면서도 꼭 한마디씩 했다.

"어, 이렇게 일찍 퇴근해도 되는 거야? 어, 우리 세금으로 월급 주는데 말야."

태유가 농담을 이어갔다가 결국 탈이 났다.

"말끝마다 너네 세금으로 우리 월급 준다 그러는데, 너 대체 세금 얼마나 내? 응? 얼마나 내길래 그래? 그 세금 내가 돌려줄게. 계좌번호 줘."

"어야, 나한테 왜 이래."

"준다고. 네가 내는 세금 공무원 머릿수로 계산해서 내 몫은 준다고. 그러니까 얼마 내는지를 말해봐."

폭발해버린 은지였다. 신입사원은 다 이렇게 화가 풍선처럼 빵빵하게 차 있는 걸까. 무슨 일을 하길래 애가 이러나. 하긴 여전히 죽은 사람을 '처리'하러 다닌다면 이해하지 못할 것도 아니었다.

"그리고 김태유, 너 우리 동기랑 만나더라? 기막혀서. 빨라. 빨라 하여튼."

태유에게 생겼다는 새로운 애인이 혹시 은지 직장 동료? 해림 누나 전화가 떠올랐다. 태유는 얼른 은지 입에 능청스럽게 먹을 걸 넣어주었다. 우리는 대화를 이어갔다.

"여기 마카로니 한 접시요!"

안타깝게도 수영장에는 마카로니가 없었다. 대신 실장님이 서비스로 감자튀김을 냈다.

"남자, 의자, 감자! 이 중에서 제일 좋은 건? 감자!"

감자를 오물오물 먹으며 기분이 좋아졌는지 이런 말을 했다. 은지는 빠르게 취해갔다. 오늘따라 은지는 평소와 달리 감정 기복이 심했다.

"나, 포스터 궐기대회 참여했는데, 니들은 안 했어?"

을지로 재개발 반대 얘기였다.

"야. 공무원이 무슨 궐기대회야. 나라에서 하는 일엔 죽어지내야지."

한 번씩 서로 구박하고 건배를 하고. 술을 잘 못하는 나도 조금 스트레스를 풀자는 마음으로 마셨다. 정신줄 놓지 말고, 무릎만 안 만지면 된다. 우리는 각종 공모와 상에 대한 정보를 나눴다. 지원금이라는 게 받기 위해서 준비하려면 끝이 없고 힘들었지만, 그렇다고 그냥 넘어가면 나만 멍청하게 기회를 놓치는 기분이었다. 혼자 묵묵히 작업만 한다는 게 현실적으로 쉽지는 않았다. 돈은 언제나 필요하다. 아무도 몰라주는 작업을 계속하는 것, 그것은 일종의 고행이다. 은지가 시비를 걸어왔다.

"근데 꼭 상 받고 그래야 하나? 그냥 하면 안 돼? 솔직히 예전부터 그런 거 너무 싫었어. 섹스를 오르가즘 느끼려고만 해? 너네 존나 사랑으로 이득 보려는 새끼들 같아. 상 받으려고 몸부림치는 거 꼭 '기승전' 없는 섹스 같잖아."

은지 말에 태유 안색이 변했다.

"너 좀 말이 심하다. 너도 같이 작품 목매고 해왔으면서 얼마나 지났다고 그러냐? 아무리 상황이 달라졌다지만 너무 빨리 까먹는 거 아냐?"

"김태유, 넌 입 닥쳐. 해림 언니 단물 쪽쪽 빨아먹고 갈아탄 거 내가 모를 줄 알아? 존나 얍삽한 새끼."

벽에서 수영하는 사람이 걸어 나올 것만 같았다. 듣고만 있던 나는 처음으로 말을 보탰다. 분위기를 바꿔보려는 노력이었다.

"은지 말도 맞지 뭐. 나도 사실 수상에 집중하는 건 그래. 그냥 좋은 걸 하자, 우리가."

그런데 은지가 도리어 물고 늘어졌다.

"야. 너도 웃겨. 왜 넌 너만 빼고 다 속물이야? 너 그렇잖아. 태유 옆에서 아무 말도 안 하고 딴청 피우고. 나리가 떠날 때도 그런 식이었어. 세상에 너만 진정성 있지. 너만 초연하고. 나리는 네가 잡아주길 바랐어. 근데, 내가 가라 그랬어."

은지 입에서 구여친 이름이 튀어나왔다. 이름만으로도 눈물이 찔끔 솟았다. 하지만 화를 내기 시작하면 숨죽이는 수밖에 없다. 분이 풀릴 때까지 듣는 수밖에. 귀는 뚫려 있으니까 어쩔 수 없다. 언제나 말이 글을 이긴다.

"남자들은 꼭 차이면 저보다 능력 있어서 간 줄 알더라. 그냥 평범한 사람이란 소리야. 왕자님 아니라고. 너도 그렇게 생각할까 봐 말하는데 진심 그 남자가 매력 있어서 간 거야. 그러니까 그만 좀 훔쳐봐. 나리 다 알아. 이제 곧 애 엄마 되는데 부담스러워. 스토커냐?"

그러더니 도도와 태유를 바라보고 말을 이어갔다.

"끄떡하면 그놈의 친구 타령. 넌 친구랑 섹스하냐? 얘네하고도 하겠네? 나랑도 한번 하자. 응? 내가, 예술하는 남자 새끼들 다 쓰레기라고, 저밖에 모른다고, 남의 맘에 관심도 없고, 있어봤자 지 편한 대로 지레짐작이나 하고 세상 꼭대기에 있다고 나리한테 정신 차리라고 했어."

내 앞의 맥주를 벌컥벌컥 들이켜더니 말을 이어갔다.

"너야말로 상 받았다고 우쭐대고 있으면서 뭐 상이 안 중요해? 그거 태유가 한 거야. 그래. 너 사진 잘 찍지. 근데 우리 중에 사진 못 찍는 사람 있어? 너 존나 차가워. 네 사진 존나 냉정해. 말없이 가만있으니까 뭐 있는 거처럼 사람들이

착각하는 거지. 다른 사람들은 속이겠지만, 우리는 못 속여. 그거 엣지 있어 보이지? 존나 못돼 처먹은 거야. 한 발 빼고 손에 아무것도 안 묻히는 거. 응시가 어떻고 현상이 어떻고 지랄하네. 꺼져."

반론할 틈도 없이 속사포처럼 쏘아댔다.

"넌, 너한테 도움 안 되는 관계 하나라도 있어? 응?"

그리고 이 말을 남기고 엎어졌다. 태연한 척했지만 사실은 조금 떨렸다. 은지에게 이런 주사가 있었나? 처음 봤다. 주사는 핑계일지도 모른다. 평소에 하고 싶던 말. 그리고 나는 그 말에 뜨끔한 동시에 상처받았다.

"은지 주사가 원맨쇼인 줄 몰랐다. 마시자."

태유가 기막혀 있는 내게 자신의 맥주를 줬다. 은지는 엎드려버렸고 나를 비롯한 '예술하는 남자 새끼'들은 어안이 벙벙해졌다. 도도가 분위기를 바꾸려 한마디 했다.

"예술이 잘못했네."

다음 날 아침 은지에게 문자가 왔다.

(어젠 내가 좀 심했지. 누나가 많이 취했다. 밥 살게. 마음 넓은 네가 이해해라.)

은지의 말이 아니더라도 이 한 대 맞은 기분은 며칠 가지

못했다. 은지가 밥을 사서도, 화가 저절로 풀려서도 아니었
다. 우리를 뒤덮은 크나큰 불행 때문이었다.

재의 마을

눈을 뜨자마자 모자를 집어 쓰고 작업실에 갔다. 머리가 지끈거렸지만 집에 누워 있으면 더 자괴감이 들 것 같아서였다. 모두가 떠나도 나는 건재하다는 걸 확인할 유일한 공간. 무덤이자 요람인 우리의 작업실. 나는 심호흡을 하고 책상에 앉아 작업 노트를 펼친다.

오래된 작업 노트에는 세운상가의 사물들이 적혀 있다.

재료: 목재, 페인트, 타일 도기, 조명, 금속
공구: 빠우, 빠킹, 스카시, 잔넬, 시보리, 로구로, 정밀

머리가 꽉 막혀버릴 때 끄적거리는 아이디어 노트. 거기 적힌 아이디어 메모는 부자 같은 마음을 주지만, 그것은 결국

그냥 종이 쪼가리나 상상에 지나지 않는다. 메모할 때는 대단한 것 같지만, 시간이 지난 후 다시 보면 '형편없음'과 '실행 불가능'이라는 쌍곡선에 껴서 갈팡질팡하는 내가 있을 뿐이다.

나는 맥을 열고 마우스를 움직인다. 화면은 어둡다. 잿빛의 축축한 땅이 있다. 어둡고 희미하고 축축하고 그래서 어디인지 알 수 없는 땅. 사람들이 우왕좌왕 비닐봉지를 끌고 다닌다. 대사가 없는 연극 같은 촬영물을 편집하고 있을 때였다. 정확히 그중에서 침과 눈물과 땀, 이것들을 클로즈업한 부분을 부분부분 확인하고 있을 때 관리소장님이 문을 두드렸다.

"학생? 태유 학생 없어? 지금 전화가 계속 오네. 있나 확인 좀 해달라고 하도 그래서 올라와봤어."

핸드폰을 보니 부재중 전화가 많이 와 있었다. 잠깐 무음으로 해둔 터였다. 먼저 가장 최근 발신인인 은지에게 걸었다.

"왜 이렇게 전화 안 받아."

사과하려고 이렇게까지 전화할 애는 아닌데.

"뉴스 봤어? 동물원에 불났어. 지금 난리 났어. 태유 어딨니? 얘도 연락이 안 돼."

불이라니. 인터넷 창이 열리자마자 먼 나라의 전쟁처럼 불타는 건물이 보였다. 생각보다 큰 화재였다. 갑자기 건조해진 날씨 탓에 쉽게 불이 번졌다는 자막이 눈에 들어왔다.

실감이 나지 않았다. 코끼리 똥 때문에 줄행랑치던 그날이 마치 전생 같기만 하다. 녹색을 띄는 지푸라기가 보이는 똥이 건강한 똥이라고 배웠는데. 그 똥이 불에 탔을 것이다. 개인적 거리와 곰의 얼굴 근육에 대해 말해준 사육사의 얼굴도 떠올랐다. 모두 무사해야 할 텐데. 화면 안에서는 모든 게 거짓 같다. 내가 만든 영상물과 뉴스의 차이를 어떻게 알 수 있을까. 가슴이 뛰었다.

그리고 곧 놀랍고도 무서운 기사가 올라오기 시작했다.

(핑크스핑크스의 붉은 죽음)

핑크스핑크스? 설마? 오보이길 바랐다. 믿고 싶지 않아서 나는 클릭도 하지 못한 채 창을 바꿔 하던 작업을 이어갔다. 내가 택한 대처 방식이었다. 현실을 멈추고 작업 안으로 도망가기.

하지만 손이 떨렸다.

(모든 인간에게는 하나의 몸과 하나의 얼굴이 있다.)

자막이 흐릿해졌다. 눈시울이 뜨거웠다. 아무것도 더 알고 싶지 않았다. 심장이 조여왔다. 태유의 자리를 바라봤다.

근래에는 거의 비어 있던 의자.

핑크스핑크스가 죽었다.

태유의 아버지가 죽었다.

나의 아버지는 눈이 멀고, 태유의 아버지는 죽었다.

태유는 지원금을 타러 다니고 나는 작업실에 틀어박혀 영상 작품 편집을 한다.

핑크스핑크스는 살아서보다 죽어서 더 유명해졌다. 동물원에 갇혀 평생을 보내다 비극적 최후를 맞은 이 시대의 가장. 미디어는 폭력적이었다. 가족이 항의해도 뉴스는 자꾸만 덧입혀져 반복적으로 재생산됐다. 태유는 작업실에도 상가에도 나오지 않았다. 결국 우리는 장례식장에서야 얼굴을 볼 수 있었다.

광채가 나던 태유의 눈에서 하염없이 눈물이 흘렀다. 어떤 사람에게 어떤 시기에 생긴 사건은 삶 자체를 송두리째 바꿔놓기도 한다. 아버지에게는 '오케이, 유턴'이 그랬고 내게는 엄마가 사라진 일이 그랬다. 형수 형에게는 그날의 그 사건이 그랬겠지. 태유가 겪은 불행은 그 전의 가난과는 비교할 수 없는 일로 몸 구석구석에 새겨질 것이다. 그것은 해림 누나와의 결별이나, 매트리스 매트릭스 같은 것과는 차원이 다른 슬픔인 것이다.

태유가 한 사회활동은 근조의 이름으로 장례식장 입구에서 펄럭였다. 서울시장을 비롯한 을지로 상인번영회, 카페 수영장을 운영하는 실장님의 이름이 눈에 띄었다. 나와 은지 그리고 도도는 한 테이블에 앉아 말없이 국만 휘저었다.

"보통은 육개장인데 여기는 시래깃국이네."

슴슴한 된장국을 먹으며 누군가 말했다.

"그러게."

의미 없는 말만 나왔다. 태유도, 태유 가족도 바라볼 자신이 없었다. 동물원 측도 경황이 없는 것 같았다. 피해자인 동시에 처리할 것이 많을 것이다. 소장님과 소장님 아들에게도 생각이 미쳤다. 다들 괜찮은 걸까. 해림 누나도 새 여자친구도 보이지 않았다. 묵묵히 가족만이 서로의 옆을 지켰다.

화재의 원인은 밝혀지지 않았다. 다만 불이 났을 때 동물들이 도망가지 않고 제자리에서 죽어버렸다는 것만이, 그리고 핑크스핑크스도 마찬가지였다는 것만이 끊임없이 이야기되었을 뿐이다. 장례식장에서 밥을 먹으면서 핑크스핑크스와 아버지, 어머니와 엘, 복순 씨와 구여친을 생각했다. 은지는 그날의 주사에 대해 잠깐 쑥스러워했지만 후회도 반성도 없는 모양이었다. 그래 본래 할 말이었다면 시원하겠지.

무엇보다 태유 앞에서 지상의 것들은 다 아무것도 아니었다. 핑크스핑크스는 몇 줌의 재가 되어 다시 재들의 감옥으로 들어갔다. 어제까지 큰 덩어리였던 핑크스핑크스가 작은 항아리에 들어가 있다는 걸 믿을 수 없었다. 하지만 복순 씨도 그랬다.

마음. 사람의 마음은 어쩌면 무덤 속에 있을 것이다.

국을 먹다 목이 멨다. 아버지와 엘이 그리웠다. 아버지는 계속 연락이 없었고, 엘과는 헤어졌다. 문자를 보내도 답이 없었다. 전화도 받지 않았고, 미친 듯이 해대면 한참 후에 답문이 오긴 했다. 응, 아니, 잠깐, 그래, 정도. 핑크스핑크스의 일에도 '그래 위로 잘하고, 잘 보내드려'가 전부였다.

동물들처럼 우리도 알고 있다. 뭔가 서서히 몸에서 빠져나간 기운을. 시들해지는 것. 엘은 친구로 지내자는 내 말을 무시했다.

"이별은 그런 게 아냐."

내가 이기적인 걸까. 헤어져도 곁에 있어주길 바랐나. 이게 대체 무슨 소리인가. 아버지 얘기도 해야 했고, 형수 형 소식도 전해야 했다. 내 속에 가득한 작품 아이디어를 나눌 사람도 필요했다. 엘은 예술에 대해 잘 몰랐지만 이상한 직관이 있었다. '재의 마을'도 '일상의 사물'도 모두 엘과 대화하며 키워나간 작품이다.

엘이 전화를 받지 않으면 찾을 길이 없다는 게 가장 당혹스러운 점이었다. 집도 직장도 어딘지 몰랐다. 오십 년 된 폴란드산 접시 파는 곳을 다 뒤지고 다닐 수도 없었다. 에어비앤비는 정리한다더니 정말로 사이트에서 흔적도 없이 사라졌다. 호주의 동물원에 갔나? 텍사스에 있는 박쥐 다리에라도 간 걸까? 이번엔 내가 서운했다.

작업으로 도망치는 게 여전히 나의 일이었다. '재의 마을'은 일단 접었다. 가상의 재는 실제의 재가 나타나자 힘을 잃었다. 새로운 작업을 시작했지만 며칠 후에는 을지로 개발 반대 구호를 내걸고 누군가 분신자살을 했다는 소식을 접했다. 재의 마을에서 우리는 무엇으로 살아야 하나. 내가 서 있는 곳이 바로 재의 마을이었다.

하리보 곰을 통째로 먹는 사람의 입을 클로즈업한 후 웅얼거리는 기계음을 입혔다. 화면에 가득한 엘의 입술을 바라본다. 낯설다. 엘의 입으로 수리부엉이와 곰, 개구리와 낙타와 마늘이 빨려 들어간다. 더 이상 엘이 아닌 탐욕의 입술을 바라본다. 우리 모두 거대한 입에 빨려 들어가고 있다.

(하리보를 참아야 해. 참는 건 어려워.)

곰과 화분과 돈과 사람이 끊임없이 엘의 입속으로 빨려 들어갔다 내뱉어지기를 반복했다. 사랑은 그렇다. 하리보 같은 것. 인생도 그렇다. 아무것도 아닌 것. 젤라틴이 들어간 젤리 같은 것. 모양은 악어나 새, 콜라와 딸기지만 그냥 그것은 입에 쫄깃한 젤리다. 엘과 나는 서로 바라는 것이 없으므로 욕망도 금지도 없었다. 그런데 끝나버렸다. 물론 어떻게든 끝날 수밖에 없다는 걸 알고 있다. 우리의 벌어져 있는 틈은 알고 있었고, 그것을 모르는 척했을 뿐이다. 나는 유예하고 싶었다. 언제까지고.

막상 엘이 다른 남자에게 간다면 없던 질투도 차오른다. 그건 정말 싫다. 수컷의 본능인가. 내게 그런 게 있나. 그럼에도 불구하고 물어보지 못했다. 붙잡고 싶지만 어떤 것도 책임지고 싶지 않아서라는 걸 나는 알고 있다. 엘도 알 것이다.

밤과 낮

형수 형 손에는 프랑크푸르트행 비행기표가 들려 있었다. 헬싱키를 경유해 오울루로 들어간다고 했다.

"핀란드라면 휘바휘바밖에 몰랐는데 살다 보니 오울루라는 곳을 다 알게 되네."

형에게 계속 농담을 던지면서도 엘을 생각했다. 아직 실감 나지 않았다. 그녀를 잃는다는 것이.

"참, 형, 핀란드에서 순록 건드리면 감옥 간대."

형은 피식 웃었다.

"근데 옷 벗고 뛰어다니는 건 괜찮다더라고. 호숫가에서."

형이 추락한 이유를 깜빡하고 있었다. 형과 나는 공항의 카페에 앉아 한껏 여행자 분위기를 냈다. 아버지와 이별했던 곳. 떠남과 돌아옴이 반복되는 곳. 누군가는 무엇을 잃고, 잊고, 누군가는 얻는 곳.

"심사위원 중에 코미디언이 있다는 게 중요해, 형. 웃길
준비는 되어 있겠지?"

형은 대답 대신 두툼한 아디다스 가방을 툭툭 쳤다. 오래
도 든 그 가방 안에는 반짝이 망토와 가발, 장화가 들어 있었
다. 어차피 1등을 하러 가는 게 아니었다. 게이트 앞에서 형
은 내게 소중하게 쥔 무엇을 건넸다.

"이건 바다코끼리고, 이건 맘모스다."

팔면 수십만 원은 챙길 수 있을 거라고 덧붙였다. 형이
아끼던 기타 피크였다.

"무엇보다 나이트, 러닝을 부탁해. 너도 내게 큰 힘이 됐
지만, 내가 가장 힘들 때 말없이 나를 지켜주었던 녀석이다.
너, 그거 아냐. 혼자 울고 있을 때 다가와서 뺨을 핥아주는 존
재가 얼마나 소중한지."

안다. 엘도 나를 핥아주고, 쓰다듬어주고, 다독거려줬다.

형수 형은 그렇게 나이트와 러닝을 남긴 채 떠났다. 형을
삼켜버린 유리문을 오래 바라봤다. 모두가 분주한 공항에서
나만 시간에 갇힌 물고기 같았다. 이제 돌아갈 곳이 없었다.
엘이 보고 싶었다. 내가 친구로 지내자고 했을 때 엘이 지은
표정은 나를 부끄럽게 만들었다.

돌아오며 귀에 이어폰을 꽂았다.

Please could you stop the noise? I'm trying to get some rest

제발 좀 조용히 해줘. 내가 지금 좀 쉬고 싶어하는 게 보이지 않아?

스물아홉 해를 살면서 내 작업으로 치유되지 않는 건 없다고 믿었는데, 엄마에게 버림받고, 아빠가 떠났어도. 복순 씨가 죽었어도.

From all the unborn chicken voices in my head

내 머릿속에 태어나지도 않은 채로 채워져 있는 그 모든 닭 울음소리로부터 말야

괜찮았다고 생각했는데,

When I am king you will be first against the wall

내가 왕이 된다면 너 같은 건 제일 먼저 궁지에 몰리게 될걸

사진을 찍으면 됐는데,

With your opinion which is of no consequence at all

아무짝에도 쓸모없는 너의 그 모든 의견이란 것과 함께 말야

소리를 채집하고, 그걸 쪼개면 됐는데,

Huh, what's that?
응? 그게 뭔데?

내가 만들고,

I may be paranoid, but not an android
난 편집증 환자일진 모르지만 안드로이드는 아니야

남들에게 보여주고 행복했는데, 왜 한 명도 빠짐없이 나
를 떠날까.
엄마도, 아빠도, 엘도, 할머니도, 그리고 바보처럼 늘 웃
던 형수 형마저.

참지 못하고 엘에게 문자를 보냈다.

(사랑해요. 돌아와요.)

처음 하는 사랑 고백이 이런 식이 될 줄은 몰랐다. 아무렇지 않은 척하는 내게 나 자신조차 질려버린 심정이랄까. 이제 매달려서라도 잡고 싶었다. 엘도 기다린 듯, 멋 부린 답을 보내왔다.

(사랑은 서로 감염되는 거야. 우리는 사실 매끄럽기만 했지. 서로에게 들어가지 못한 건 너도 알잖아.)

그래. 잘났다. 나는 달리는 버스 위에서 또 달렸다.

몽롱

엘의 상황을 알게 된 건 SNS에서였다. 그렇다고 내가 나리 대신 엘을 염탐하는 건 아니다. 엘에게는 계정이 없었기 때문이다. 새로운 컨셉의 숍들을 소개하는 인터랙티브 홍보 기사였다. 요즘 유행하는 편집숍과 공유주방 주인의 인터뷰였다. 습관적으로 클릭했는데 거기 엘이 떡하니 등장했다. 나의 작업실과 멀지 않은 곳에 '몽롱'이라는 빈티지숍을 연 모양이었다. 잘살고 있다니 묘한 배신감이 들었다. 액정으로 보이는 엘은 내가 아는 엘 같지 않았다. 똑 부러지는 인터뷰를 보면서는 웃음도 났다. 허술하기 짝이 없는 그녀, 그런 엘은 나만 아는 것 같았다.

그다음 날 나는 '몽롱'을 찾았다. 오래된 을지로 상가 건물 3층에 간판도 없는 곳. 을지로라면 빠꼼한 나도 찾기가 쉽지 않았다. 대체 이런 곳에 누가 온다고. 역시 엘다웠다. 나는 초조하게 계단을 올랐다. 이렇게 만나려고 하면 만날 수 있는 거리에 있는 게 설레기도 신기하기도 했다.

그런데 막상 '몽롱' 문을 열고는 눈을 몇 번이고 비벼야 했다. 엘의 긴 머리칼이 없어졌기 때문이다. 아니, 긴 머리가 짧아진 게 아니라 아예 홀라당 없어진 것이다. 나와 눈이 마주치자 조금 놀란 표정이었지만 곧 눈을 내리깔고 모르는 척 했다.

"머리는 언제 잘랐어요?"

왜 잘랐냐고 물어보면 화낼 거 같아서 돌려 물어본 것인데 엘은 아예 내 말에 대꾸도 하지 않았다.

"아니. 왜 이래요. 대체."

반짝이는 은빛 머리통을 바라봤다. 5밀리미터 정도 되려나. 흰색과 미색과 은색이 섞인 듯한 머리칼이 잔디처럼 입혀져 있었다. 어쩌면 물빛일까. 그날의 반짝이던 바다를 떠올렸다. 하긴 온몸에 문신을 한다 해도 놀라울 것 없는 그런 사람이었다. 나의 나이 많은 애인은.

한편 내가 그리워하던 그 엘이 맞나 물끄러미 바라봤다. 내가 조물락거리던 작은 가슴이 두 개인, 절박한 다리의 엘. 그 엘이 맞나. 늘 하리보를 씹던 엘. 곰이 되고 싶었던, 나의 그 애인 맞나. 그저 바라보기만 했다. 그때 엘이 태블릿을 내

밀었다.

(둘러보시고 가세요. 손님.)

말 대신 태블릿에 글자를 써서 보여주었다.
"뭔 소리예요. 이런 법이 어딨어요."

(무슨 소리예요? 우리는 헤어진 연인 아닌가요. 남보다
못한.)

와. 진짜 복장 제대로 지른다.

"헤어지자고 한 건 당신이고 난 대답 안 했어요. 그리고
친구로 지내자고 했지, 내가 언제 헤어진댔어요?"
말하면서도 잠깐 얼굴이 화끈거린 건 내게도 양심이 있
다는 증거겠지.

(내가 여기다 욕을 써야겠니? 어이없네. 네 뜻은 알았고, 내
뜻은 이래.)

몽롱한 가게 '몽롱'에서 우스꽝스러운 음소거 장면이 계

속 연출됐다.

"왜 말을 안 하고 그래요. 말 좀 해봐요. 무슨 일이라도 있어요?"

(여자를 그만둘 거야, 난.)

무슨 소리인가 싶어 얼굴을 빤히 바라봤다. 그러자 엘은 액정을 툭툭 치며 다시 강조했다.

(여자를 그만둘 거라니까.)

"아니, 대체 근데 말은 왜 안 해요? 여자는 말 안 해요?"

(히스테리성 무언증이래. 나야말로 소리 내서 욕 좀 해주고 싶어.)

엘에게 목구멍과 목은 언제나 목을 조이는 그리움의 장소였다. 그녀를 걱정하는 마음보다 진짜 이별을 하게 돼서 내가 다시는 그녀의 체취를, 소리를 느끼지 못할 수도 있다는 것을 불안해하는 나를 발견했다. 그리고 한편으로는 맘이 놓였다. 전화가 안 된 이유가 나를 피해서가 아니라 목소리가 안 나와서라는 걸 알았기 때문이다.

(깔깔. 생각해봤는데, 우리 이별이 그렇게 슬퍼할 일이 아니더라고.)

"글자로 깔깔이라고 쓰지 마요. 무서워요."
나는 약간 울고 싶어졌다. 역시 엘은 사람을 잘 울린다.
"그리고 분명히 말해둬요. 찬 건 내가 아니라고요."
뭔가 주객이 전도된 대화가 맘에 안 들었다.

(그동안 충분히 재밌었어. 우리 정말 잘 놀았지?)

"아니. 내 얘기 좀 들어봐요. 다시 만나자니까요. 내가 친구로 지내자고 할 때 분명히, 누나, 그래 누나, 아니 당신, 아니 너, 너도 그럴 것처럼 끄덕였잖아."

(나는 그날 헤어져서 이제 안 슬퍼. 다 울었어. 앞으로의 슬픔은 네 거야.)

이상한 말을 태블릿 액정에 계속 남길 때 손님이 들어왔다. 와. 이런 델 찾아오는 사람들이 있긴 있구나. 신기하면서도 다행스럽다는 생각이 들었다. 먹고는 살아야지. 내 또래 여자들로 보이는 두 사람은 찬찬히 물건을 살피며, '예쁘다'를 연발했다.

"일단 갈게요."

엘이 어딨는지 알았고, 언제든 찾아올 수 있다는 안도감에 돌아서 나왔다.

그나저나 여자를 그만둔다니. 그럼 나처럼 남자가 된다는 건가. 아니면 금욕주의자? 파이프로 하리보를 끊겠다더니, 이제 섹스를 끊겠다는 건가. 무엇으로? 잃은 목소리로? 단지 내가 끊기는 건가? 그렇다면 무엇으로 나를 끊을 거지. 다른 사람이 생겼나. 그새? 어지러웠다. 엘의 이상한 말장난에 내가 놀아나는 기분이었다.

나는 채식주의자주의자야. 고기를 좋아하지만 채식주의자를 지지해.

나는 금욕주의자야. 다만 섹스를 좋아하지. 세상의 많은 나라가 민주주의 국가인 것처럼 말야.

내가 만난 흰 삭발의 그 사람이 엘이 맞는 걸까.

낯선 엘. 그렇지만 다시 만난 엘은 여전히 섹시했다.

몽롱을 나와 멍하게 걸었다. 엘의 등을 생각했다. 그리움의 장소.

길에는 어느 때보다도 연인들이 넘쳤다. 나만 혼자인 세상. 비로소 가슴이 아팠고 비로소 내가 버림받았다는 생각이 들었다. 처음으로 내가 잘못해서.

무릎의 상처는 아직도 남아 있었는데.

그날 나는 알몸으로 수영하는 꿈을 꿨다. 많은 사람이 나를 지켜봐서 물 밖으로 나가지 못하고 끝없이 헤엄을 치는 그런 꿈이었다.

노란 밤의 달리기

집 앞에 아버지가 와 있었다. 앞이 보이지 않는다는 걸 증명하듯 검은 안경을 끼고 말이다. 아버지가 온 일이 놀라운 것은 아니다. 집은 머무르라고 있는 게 아니라 돌아오라고 있는 거니까. 문제는 아버지 옆에 있는 황구였다. 영민해 보이는 래브라도 리트리버 녀석이었다.

"뭐예요, 이건?"

내 질문은 거의 외마디 비명에 가까웠는데 왜냐면 래브라도의 몸 색이 황 실장이 떠날 때 입은 양복 색과 매우 흡사했기 때문이었다. 그것뿐이 아니었다. 보통의 개라면 처음 본 내 앞에서 짖어야 하는데, 아무리 맹인 안내견이라 해도 너무 순했고, 무엇보다 눈빛. 내게 과도하게 미안해하던 그 눈빛이 빼도 박도 못 하게 황 실장이었기 때문이다.

"혹시?"

내 머뭇거림에 아버지가 확답을 해주었다.

"맞다. 황 실장이다."

오. 마이. 갓.

나는 눈이 먼 아버지와 개로 변한 황 실장을 나이트, 러닝과 함께 돌봐야 했다. 진땀이 났다. 나이트와 러닝은 황 실장에게 곁은 주지 않았고 황 실장, 아니 옐로—이름이 옐로였다—는 아버지 옆에서 충성을 다했다. 아버지도 옐로를 종일 쓰다듬었다. 둘은 애틋했다.

"눈이 멀고 있던 무렵이었어. 눈보라가 많이 쳐서 밖에 나가지 못하고 지냈지. 우리는 커피콩을 키우는 법을 배우려고 따뜻한 나라를 찾아갔는데, 눈보라라니 믿어지니."

아버지가 눈이 멀고, 황 실장이 개가 됐는데. 옐은 목소리를 잃었고, 핑크스핑크스가 죽었는데 대체 믿지 못할 게 무엇인가.

"나는 시력이 점점 나빠지는데, 이 녀석은 감기 몸살에 걸린 거야. 며칠을 끙끙 앓았지. 눈이 점점 안 보여서 혼자서는 돌아다닐 수도 없는 지경이었어. 약을 사러 나가지 못하고 그저 더듬더듬 물수건으로 열만 식혀주었지."

그렇게 며칠이 지나고 눈보라가 걷힌 후 아버지는 깜짝 놀랐다고 한다.

"이 녀석이, 그러니까 황 실장이 이 녀석이 돼 있더라고."

그 후로는 커피고 콩이고 뭐고 간에 돌아오는 데 생의 에너지를 다 썼다고 했다. 아버지 생애 가장 힘든 유턴이었던 셈이다.

"하지만 휴일아, 나는 이제 더 이상 마음이 부글대지 않아. 그동안 너는 내가 미웠겠지만 나도 나를 어쩔 수 없었다. 네 엄마에게도 그렇고, 할머니, 우리 엄마에게도 미안함뿐이지. 하지만 난들 어쩌겠니. 나를 어떻게 할 수가 없는걸. 하지만 지금은 그 어떤 때보다도 편안해. 가만히 앉아서 해를 느끼고 바람을 느끼고, 얼굴에 그늘이 지는구나, 노을이 앉는구나, 그러면 더없이 좋단다."

이렇게 멋진 말로 부자의 정을 나눌 때 하늘에서 물폭탄이 떨어지기 시작했다. 삽시간에 물이 넘쳐 나이트와 러닝은 수영을 해야 했고, 집들은 둥둥 떠다녔다. 나는 나이트와 러닝과 함께 수영을 하며 옐을 생각했다. 그리고 깨달았다. 내가 옐을 걱정한 건, 진심으로 걱정한 건 처음이라는 걸.

꿈에서 아버지와 나는 형수 형의 개 나이트와 러닝, 그리고 황 실장임이 분명한 옐로를 데리고 전원으로 이사를 했다.

꿈이라서 이사는 쉬웠다. 그리고 대화도 많이 나눴다.

"개를 키우면 더 외로워진다고 했어요."

"누가?"

"영화 속 등장인물이요."

"그런 말은 믿지 마라. 영화는 다 거짓말이야."

"거짓말 없이 어떻게 살아요."

"그런데 개를 키우면 왜 더 외로워진다는 거지?"

"보통은 개가 먼저 죽으니까요."

잠시 아버지는 말이 없었다. 황 실장은 개가 되었으니까 아버지보다는 분명히 일찍 죽을 것이다.

"나쁜 자식. 거북이로 변할 것이지."

두루미도 있어요, 라고 말하려다 참았다. 아버지가 농담을 하는 게 아니라는 걸 알았기 때문이다.

"아버지, 엘이 돌아올까요."

"아들아, 황 실장이 다시 사람이 될 거 같냐."

꿈속의 나는 모든 생각을 접고, 노란 밤의 달리기를 했다. 옐로와 나이트와 러닝. 셋을 합치면 노란 밤의 달리기다.

예지몽이었을까. 다음 날 아버지에게 전화가 왔다. 나는 마구 소리를 질렀다. 아버지는 커피 대신 한식을, 서울 대신 안티구아에서 할 거라고 했다. 뜻밖의 유턴이었다. 그럼 돌아오지 않는 건가. 난 꿈속에서 받은 사과로 마음이 누그러져 있었다. 무엇보다 무사히 있다는 것, 그곳이 지구 반대편이든 달의 저쪽이든, 살아서 안부를 전한다는 게 감사했다.

"복순이네. 어떠냐. 내가 이곳에 와서야 어머니의 한식을 계승해야겠다는 생각이 들었다. 아들아."

눈은?

"그나저나 눈은 이제 어때요?"

"그때는 정말 눈이 머는 줄 알았는데, 거짓말처럼 다시 보여. 뇌에 산소가 부족할 경우에도 그렇다는데 잘은 모르겠어. 여튼 며칠 암흑이더니 이제는 다시 보인다. 그런데 사실 그때가 좋았어."

"네? 눈이 보이지 않을 때요? 어땠는데요?"

"너는 눈이 보이니까 어떠냐."

"장난치지 말아요. 저는 안 보인 적이 없으니까, 비교할 수 없다구요."

"짜식. 눈을 감으면 금방 알게 되는데, 참을성이 없어서겠지. 하나만 얘기해주자면, 향연이다. 향연. 소리와 감각들의 향연. 오죽하면 네게도 권하고 싶을 정도야. 앞을 볼 때는 정말 자기중심적이었지. 그럴 수밖에 없어. 앞만 보이니까. 그런데 앞이 보이지 않으니까 전방위적으로 느낌이 살아난다고 해야 할까. 그 기분은 눈이 보이는 사람들은 죽었다 깨나도 모를 거다. 그리고 무엇보다 이 도시의 냄새가 느껴져."

"그런데 왜 눈이 멀었을까요."

"글쎄. 그거야 아무도 모르지. 우리가 알 수 있는 게 대체 뭐겠니. 지금 통화를 하고 있다는 것 외에 말이다."

밤의 사람들

계절은 많은 사람을 괴롭히고, 몇몇 사람을 죽이고 떠났다. 이상기온은 이제 이상기온이 아닌 것처럼 매일 일어났다. 어떤 날은 물폭탄이 어떤 날은 근원을 알 수 없는 모래바람이 불었다. 은지는 그토록 괴로웠던 시설관리팀에서 다른 부서로 발령받았지만 종잡을 수 없는 날씨 때문에 행사를 할 수가 없다고 했다. 문화 관련 부서여서 다행이다 싶었는데, 오래 지나지 않아 결국 일을 그만뒀다. 자의라기보다는 공황장애가 생겨서였다. 우리는 이미 하도 시달려서 아무도 철밥통이 아깝다는 말을 하지 않았다.

"그냥 안 맞는 옷이 있는 거지."

"해본 게 어디야."

이 정도가 반응의 전부였다. 일을 그만두기 무섭게 은지는 전투적으로 자기만의 작업을 해나갔다. SNS 친구들을 실제로 만나기 시작했다. 얼굴을 모르는 익명의 '친구들'을 실제로 만나 기록하기 시작한 것이다.

"사실은 초딩이더라고."

어떤 사람은 프로필을 가짜로 올리기도, 친구의 아이디를 도용하기도, 절대 만나주지 않기도 한다고 들었다. 처음부터 알고 하는 작업은 거의 없다. 해나가면서 결과를 알게 되는 것, 그것이 작업의 묘미기도 하다.

도도는 민속촌에서 근무한다. 진짜 근무는 아니고 일종의 취재 겸 자기 작업인 셈이다.

"평생 짚신을 꼬는 짚신 장인이 있어서, 그걸 배우는 과정을 영상화하고 있어. 생각해봐. 나는 잠깐이지만 그분은 삼십 년째 노비로 출근 중인 거야. 허리가 휘고 손이 부르트도록 짚을 꼬고 있지."

작업 현황은 인터넷에 생중계되고 있다. 도도는 기자로서 또 작가로서 새로운 영역을 만들어나가고 있다.

모두가 가장 걱정했던 태유는 넋을 놓고 있는 대신 엄청난 일을 했다. 타버린 동물원을 폐쇄하지도 그렇다고 재개장하지도 않도록 '가짜 동물원'을 만든 것이다. 각각의 동물들의 조각을 세우고, 설명을 자세히 붙여 아이들의 학습터로 살렸다. 기획팀장 출신답게 펀딩에 성공해 우리나라 1호 가짜 동물원으로 등록되었다. 그리고 한국을 떠났다. 탈출도 도망도 아니었고 모든 에너지를 작품에 쏟기 위해서였다. 얼마 전에 폴란드 동물원에서 열린 '부전자전'은 외국에서도 주목을 받았다. 위장술도 절실함과 진실이 결합되면 힘이 몇 배로 강해지는 모양이었다.

그렇다면 나는? 내 질문은 점점 내 안에서 팽창했고 그래서 내 안에서 꽉 차올라 숨이 찼다. 그래도 성과가 영 없는 건 아니었다. 우리의 공동작업 '하리보'로 젠더아트기금을 받았다. 성별이 없는 곰과 개구리를 거대한 자본이 삼켜 남녀로 구분해낸다는 되지도 않는 설명에 큰 점수를 준 것 같다. 수영장 실장님 말대로 돈은 받아두면 되는 것이다. 주고 싶어서 준 걸 테니까.

여기서 우리는 엘과 나다. 그렇다. 아직 전과 같진 않지만, 나는 엘을 되찾는 중이다.

그러기 위해서 나는 눈물겨운 노력을 하고 있다. 일단 매일같이 '몽롱'을 찾았다.

(열 번 찍어 안 넘어가는 나무 없다는 고전을 믿지 마. 내가 나무니?)

나는 말싸움 대신 엘이 그러거나 말거나 마음을 보여주

는 데 집중했다. 일정 시간에 찾아가 (허락받지 않았지만) 몽롱을 청소하고 가끔은 손님도 응대했다. 엘에 대한 마음을, 사랑을 몸으로 보여주느라 진땀을 내고 있다. 나답지 않지만, 그렇다면 나다운 게 과연 뭘까 싶을 만큼 집중하고 있다.

그리고 엘에게 새 파이프를 선물했다. 선물 상자도 열지 않아서 내가 열어 보여주었을 때 엘은 무척 놀랐다.

"바다에서 찾아 왔어요."

(미친놈.)

사실은 인터넷 쇼핑몰에서 샀다. 그날 포물선을 그리며 바다로 떨어져 내린 그 파이프는 아마 이 생을 꿈으로 꾸며 잠들어 있을 것이다. 나는 심심하기 때문에 잠시 머물기로 한 게 아니라, 떨어지기 아쉬운 섹스 파트너여서가 아니라, 사랑해서 엘의 곁에 있기로 한 것이다. 낯간지럽지만 사실이다. 물론 나는 아직도 사랑을 아는 것 같지는 않다. 사랑이란 엘의 말대로 장사치들이 만들어낸 허구일 수도 있고, 내가 해왔던 생각처럼 피곤한 것일 수도 있다. 하지만 그냥 엘의 옆에 있고 싶다. 완전히 혼자라는 그런 기분을 다시는 느끼고 싶지 않다.

물론 엘은 여전히 돌볼 사람이 많다. 파이프는 어쩌면 엘의 유일한 희망이었을지도 모른다. 걷지 못하지만 방을 내어주었던 여사님과 아직도 울고 있는 사람은 여전히 엘이 돌본다. 나는 그 옆에서 또 하나의 짐이 되기보다 따스한 체온이 되고 싶어서 조용히 '몽롱' 한구석에 놓인 폴란드산 접시를 닦는다. 이제 오십일 년산이다.

엘이 말을 시작한 건 얼마 되지 않았다. 그런데도 내게는 아직 태블릿으로 얘기한다. 그뿐만 아니라 가끔 방독면을 쓰고 출근하기도 한다.

(미세먼지도 많고, 너한테 얼굴 보여주기 아까워서.)

그런 채로 태블릿으로 얘기하면 〈스타워즈〉를 찍고 있는 기분이 든다.

(너는 나를 왜 좋아하는데?)

엘이 기습하기도 한다.

(혹시 내 머릿속의 생각 같은 거 때문에 좋아한다고 말할 셈이야? 아니면 내가 하리보를 좋아해서?)

무슨 소리인지 당최 알 수가 없었다. 그놈의 하리보 타령. 굳이 따지면 그냥 엘은 내 취향인 거다. 그리고 이제 그런 엘에게 익숙하다.

"당신의 목소리가 좋고, 나를 아껴줘서 좋아요. 같이 있을 때의 냄새도 좋고. 어떤 기억도. 나는 이상하리만치 낙관적일 때가 있는데, 당신과 함께 있으면 그 부분이 더 붕 뜨거든요. 그러면 태초의 나로 돌아가는 느낌이 들어요. 아마 그래서 좋아하는 거 아닐까요."

(지랄한다. 존나 멋 부리지 말고 그냥 혼자가 무서워서라고 해.)

온갖 속삭임을 장착할 때 그녀가 말했다. 그래. 이런 엘이라서 좋아한다. 스모크, 핫 커피, 리필. 리필. 리필.

엘을 따라 나도 특단의 조치를 취했다. 남자를 그만두기로 한 것이다. 어린 시절부터 하고 싶었던 화장과 긴 머리, 그리고 응석을 맘껏 장착하기로 했다. 어차피 먼저 여자를 그만두기로 한 것도, 말을 섞지 않는 것도 엘이니까 내게 뭐라고는 못할 것이다. 다만 하도 쿵쿵대고 다녀서 나는 그 앞에서 예민한 개복치가 된다.

그러면 우리의 밤은? 남자와 여자를 그만두기로 한 우리

234

의 밤은?

그건 비밀이다. 모든 것을 까발릴 수는 없지 않은가. 나는 비밀이 있는, 밤의 사람이니 말이다.

눈과 진흙

    우리는 하루에 한 번씩 언덕을 오른다. 여기서 우리는 엘과 나뿐만이 아니라 형수 형의 개 나이트와 러닝까지 포함이다. 다 함께 달리며 숨이 차오르면 나는 노란 밤의 달리기를 생각했다. 산책을 시킨 후부터 나이트와 러닝은 조금 온순해졌다. 일단은 덜 짖었고, 나중에는 달리지 않고 천천히 길을 둘러보기도 했다.

    고백하건대 어수선한 재개발 지역을 다니면서 애들을 버릴 곳이 없나 살피기도 했다. 그렇다. 나이트와 러닝을 어딘가에 두고 오고 싶었던 적이 여러 번이었다. 후미진 언덕길 빈집을 찾아보기도 했고, 나이트와 러닝을 사랑스럽게 바라보는 행인이 나타나면 목줄을 쥐여 보내고 싶기도 했다. 그때나는 엄마를 최초로 이해했다. 생명을 곁에 둔다는 것은 큰 괴로움이기도 한 것이다. 잠깐의 따뜻함과 긴 괴로움이 바로 사랑의 정체였다. 하지만 그 긴 괴로움 덕분에 사람은 살아가기도 한다는 것을 이제 안다. 아, 그리고 사랑의 또 다른 좋은 점은 건강이다. 형수 형 말대로 햄스트링 운동이 부록으로 따라온다. 정신적 건강도 있다. 어떤 날은 나도 모르게 그 녀석들에게 인생을 토로하기도 하니 말이다. 내 말을 경청하는 두 녀석을 보면 불끈 힘이 솟기도 했다. 나이트와 러닝의 초롱초롱한 눈망울을 바라보다 버릴 생각을 했던 것에 죄책감이 들기도 했다.

"밤! 달림! 가자!"

엘은 나이트와 러닝 두 녀석의 이름을 굳이 '밤'과 '달림'이라고 부른다. 언제부터 그렇게 한국어를 사랑했다고. 어이가 없지만 두 녀석을 부르며 가까스로 입을 뗐으므로 심기를 거스르고 싶지 않아 가만히 있는다.

트레이닝복 차림의 섹시한 삭발녀가 바로 나의 애인 엘이다. 그녀는 아직도 자기 자신에 대해 많이 말하지 않는다. 내가 열심히 사과했을 때 딱 한 번 이렇게 말한 적 있다.

"휴일아, 말할 수 있는 상처는 상처가 아냐."

엘이 아버지가 떠난 섬에서 나와 공부를 하며 여사님과 지내고 울고 있는 사람을 돌보게 된 모든 과정을 알 수는 없다. 그렇다고 함부로 상상하고 단정 짓지 않는다. 대신 나도 뭔가 몫을 하고 싶어서 다이너를 시작했다.

엘이 '몽롱' 안에 작은 공간을 내주었고 나는 거기서 열심히 스케치도 하고 작업도 했지만 몰입이 잘되는 곳은 아니었다. 대신 다른 특기를 발휘해보기로 했다. 한 사람 혹은 한 테이블을 위한 식당을 열었다. '다이너 포 몽롱'이라는 업장으로 SNS를 통해 예약을 받는다.

한 팀만을 위한 테이블이다. 미리 예약을 받아 다른 손님을 받지 않고 요리를 한다. 엘의 고향에서 특별히 주문한 해산물은 언제나 인기다. 처음 돈을 번 날 작업실비라고 엘에게 주었을 때 엘이 갑자기 훌쩍거려 놀랐다.

"나, 누군가에게 용돈을 받는 건 처음이라서."

엘은 시크하고 쿨한 게 아니라 모르는 거였다. 나보다도 더, 받는 법을. 받아본 적이 없어서 말이다.

"요, 용돈이 아니라 집세라구요."

나도 뭔가 멋쩍어 이렇게 말했지만 불끈 더 돈을 많이 벌고 싶어졌다.

형수 형에게는 한 번 연락이 왔다. 무사히 대회를 마쳤고 우승은 하지 못했지만 우승자와 친해져서 그와 함께 노르웨이로 갈 거라고 했다.

"뭐? 이젠 맨손으로 연어를 잡으려고?"

노르웨이 하면 떠오르는 건 연어뿐이었다.

"그리고 돈 좀 보낼게. 나이트와 러닝 사료값은 내가 내야지."

나이트와 러닝을 잊지 않아 다행이었다. 이미 받은 맘모스와 체크카드가 있지만 모르는 체했다. 그것으로 형도 빚을 갚는 편이 낫겠지. 녀석들은 아는지 모르는지 꼬리만 열심히 쳤다. 어쩌면 녀석들의 직업은 꼬리치기일 수도 있겠다.

아버지와 황 실장은 잘 지내고 있다. 아버지의 가게 '복순이네'가 자리를 잡아가는 것 같아서 다행스러웠다. 복순 씨는 살아서 아르헨티나에 가지 못했지만 죽어서 안티구아에 남았다. 그런데 가끔 내가 황 실장에 대해 전혀 아는 게 없다는 걸 깨닫고 화들짝 놀라기도 했다.

"동물도 꿈을 꿀까요?"

(사람도 동물인데 꿈을 꾸잖아. 그러니까 동물도 꿈을 꾸겠지.)

나이트와 러닝을 바라보며 엘과 나는 대화를 한다. 이제는 태블릿과 목소리를 반반씩 사용한다. 어쩌면 그게 더 자신을 잘 표현할 수 있어서일지도 모르겠다.

(사랑이 별거니. 같이 뒹굴고, 밥 먹고, 핥아주고, 그리고 똥

치워주는 거지.)

나도 안다. 밥을 주고 똥을 치우는 일이 사랑의 전부는 아니지만, 그걸 하지 않고 사랑한다고 말할 수는 없다.

(올해는 눈을 본 적이 없어. 아직.)

"올해는 눈을 본 적이 없어. 아직."

오래되고 아름다운 것들의 가게에서 우리는 앉아 있다.

"응. 대신 바람이 많이 불어요."

우리의 멜랑콜리는 따뜻하다. 검지도 희지도 않은 재 같은 우울이 눈과 진흙처럼 쌓인 것은 재의 마을 때문이 아니라, 카페 수영장 때문이 아니라, 하리보 때문이 아니라, 핑크 스핑크스의 죽음 때문이 아니라, 우리의 사랑이 불확실해서가 아니라, 그저 우리가 사람이라서다. 그리고 인생을 살기 때문에. 그래서 우리가 살아온, 살고 있는, 살아갈 생 그 자체. 지분이 없어도 발이 떠 있어도 결국은 나의 삶이니까.

눈 위에 눈이 쌓인다. 흩날리면서 눈은 눈과 만난다. 눈 위의 눈, 눈 위에 눈, 눈에 눈. 그리고 진흙. 아름다운 혼돈, 선과 선, 악과 악의 애매한 경계들. 그것들이 쌓이면 우리는 아무것도 모르는 기분이 든다. 하지만 그 안에서 우리는 우리의 작업을 묵묵히 해나갈 것이다. 작업은 다른 게 아니라, 우리의 삶이다.

엘과 나는 이제 서로 싫은 점에 대해 말한다. 나는 조심스럽고 엘은 서슴없다. 반대일 때도 있다. 물론 내가 싫어하는 점은 엘도 알고, 나의 단점은 나도 알지만, 또 사람은 잘 변하지 않는다는 걸 알지만 옆에 있는 사람은 의자가 아니라 사람이니까 얘기를 하고 싸우고 반성하고 화내곤 한다. 우리는 가족은 아니지만 가장 친한 사이니까 그렇게 합의를 본 셈이다. 그냥 그러면서 만나고 사랑하거나 미워하는 게 삶이라는 것 정도는, 또한 서로를 견뎌주고 가끔 도망갔다 되돌아오는 게 사랑이라는 걸 이제는 알기 때문이다.

그리고 나는 사랑에 섹스가 필요하다고 생각하지, 섹스에 사랑이 필요하다고 믿는 쪽은 아니다. 음. 그렇게 되어버렸다.

엘과 내가 처음 만난 곳은 도서관이다.

엘과 내가 처음 만난 곳은 카페 수영장이다.

우리가 처음 만난 곳은 진짜 수영장이다.

엘과 내가 처음 만난 곳은 핑크스핑크스 우리 앞이었다.

엘과 내가 처음 만난 곳은 옷장 속이었다.

엘과 내가 태어난 곳은 바다였다.

아니면 안티구아, 혹은 핀란드였을지도 모른다. 우리의

처음은.

그곳이 어디든 도달할 수 있다면 가고 싶다.

엘은 하나의 사과였다.

나는 풍뎅이였다.

엘은 바닥에 떨어진 책이었다.

나는 하나의 씨앗이었다.

엘과 나의 공통점은 어쩌면, 외로움과 괴로움에 대해 아는 것일까.

생은 외롭거나 괴롭거나라는 것.

외롭지 않으면 괴롭고, 괴롭지 않으면 외롭고.

둘 다일 수도 있다는 것.

그래서 둘만의 우주가 필요하다는 것. 약하디약한 우리는, 눈과 진흙처럼 서로에게 스며들고 녹아 더러워진다.

약하디약한 우리는.

노란 밤의 달리기

1판 1쇄 인쇄 2024년 9월 30일 **1판 1쇄 발행** 2024년 10월 21일

지은이 이지
펴낸이 박강휘
편집 박규민 박정선 **디자인** 유상현
마케팅 이헌영 박유진 **홍보** 박상연

발행처 김영사
주소 경기도 파주시 문발로 197(문발동) 우편번호10881
등록 1979년 5월 17일(제406-2003-036호)
구입 문의 전화 031)955-3100 **팩스** 031)955-3111
편집부 전화 02)3668-3290 **팩스** 02)745-4827 **전자우편** literature@gimmyoung.com
비채 블로그 blog.naver.com/viche_books
인스타그램 @ drviche @ viche_editors **트위터** @vichebook
ISBN 979-11-94330-14-1 03810 책값은 뒤표지에 있습니다.

비채는 김영사의 문학 브랜드입니다.